季节 生命 世界

李大西 / 著

北京日报出版社

图书在版编目（CIP）数据

季节　生命　世界 / 李大西著. —北京：北京日报出版社，2023.6
ISBN 978-7-5477-4500-7

Ⅰ.①季… Ⅱ.①李… Ⅲ.①散文集—中国—当代 Ⅳ.①I267

中国国家版本馆CIP数据核字(2023)第007255号

季节　生命　世界

出版发行：	北京日报出版社
地　　址：	北京市东城区东单三条8-16号东方广场东配楼四层
邮　　编：	100005
电　　话：	发行部：（010）65255876
	总编室：（010）65252135
印　　刷：	武汉楚商印务有限公司
经　　销：	各地新华书店
版　　次：	2023年6月第1版
	2023年6月第1次印刷
开　　本：	889毫米×1194毫米　1/32
印　　张：	7.75
字　　数：	168千字
定　　价：	56.00元

版权所有，侵权必究，未经许可，不得转载

目录

初春　/ 001

三月桃花红　/ 004

在春雨中行走　/ 007

油菜花开　/ 009

西湖　四月　/ 012

圣堂山的杜鹃　/ 015

艾草　/ 018

在清明之后的阳光里　/ 021

画里的春天　/ 024

春天的家园　/ 026

牵牛花　/ 028

与春天同行　/ 030

夜雨　/ 032

我的雨季　/ 035

海边的夏天　/ 038

汪洋驾到　/ 040

水殇　/ 044

洪灾　/ 047

生活的印迹　/ 050

台风季　/ 054

秋天的精神　/ 057

秋水　/ 060

在秋天的田野上　/ 063

我看到的秋天　/ 065

重阳　/ 067

雾里的秋天　/ 070

中秋　/ 073

秋雨　/ 075

秋阳　/ 079

秋叶　/ 081

重阳之后的月光　/ 083

中秋——在果园　/ 085

爱上秋天　/ 087

秋登剑排山　/ 090

秋山上　/ 093

金秋十月　/ 095

秋天的早上　/ 097

秋雨之后　/ 099

秋思　/ 102

到保梁山看枫叶　/ 104

冬天的第一场雨　/ 108

十二月　/ 110

圣诞前夜 / 112

永恒的光阴 / 115

在冬季 / 117

冬天的一段记忆 / 119

听风 / 122

老屋与往日时光 / 124

关于脆弱 / 126

南湖边的青草 / 128

快乐的白鸽 / 130

住在山里的日子 / 133

家乡的味道 / 136

园丁与变色龙 / 139

城市的未解之谜 / 142

父亲 / 145

天性 / 149

在北海海滩 / 152

老井 / 155

只此一生 / 160

我们的星球 / 163

关于自然 / 166

青莲 / 168

长满青草的土地 / 171

雾中的桃花源 / 173

黄昏葫芦鼎 / 176

我愿意留守的田园　/ 178

我现在居住的地方　/ 181

古村　/ 184

窗外的似水流年　/ 186

大杋湖湿地公园　/ 188

海边月下　/ 191

更望湖　/ 193

别人的风景　/ 196

大明山　/ 200

柳侯公园　/ 203

青秀山　/ 206

侗寨之夜　/ 210

下枧河　/ 213

在大理　/ 216

新西兰海边　/ 218

南湖公园　/ 221

花山　/ 224

五彩滩　/ 227

南方小城　/ 230

姑婆山　/ 232

凤凰这座城　/ 235

后记　/ 240

初 春

灾难逝去，天色开始晴朗。

被风和雨雪劫掠过的土地恢复了往日的生机。村庄有了炊烟，人间有了春色，树林里有了鸟儿的歌唱，水塘里有了野鸭子灵敏与流畅的身段，从城市街道透迤穿过的所有风景，都有了紫气东来、顺手可摘的豪迈和情怀。

世界的美丽如花盛开。青的山、绿的水、红红的日出、柔柔的晚霞都带着人们喜爱的妆容。天空和大地温婉如油画。薄薄的云和浅浅的草将轻盈流动的线条勾勒在远方，丝丝入扣的祥和与安定，让它们一出生就捕获了满满的柔情，像画里画外朴素且高雅的花香，静静地悬浮在伊甸园的上方，让那里的空间、时间一下子变得透明、清亮而且情深意长。所有的山花与海树也仿佛为生命而来，它们舒适且自由地曲张，不仅线条丰满、端庄妩媚，而且还清新别致、绰约俊朗，很像天的这头或那头被空灵精心点拨过的那些通透。

美丽的世界，云涛在光影中时明时灭。它们呈现的身形像霓虹，它们发出的声音似东风。它们与朝霞、暮霭融合在一起，释放出季节的体香，带着沁人心脾的奔放和轻描淡写的张扬，在腼腆或柔弱的体系中溢出锋芒，虽不曾热烈如火、万般执着，却已成功地收服了所有爱美的山河。

与之相适应的，是款款深情的山风。它们来源于幽冥三界，一直与山涧清流为友，喜欢用清泉一般的声音诉说心愿、蛊惑人心，也时常用悠扬的神韵说唱田园牧歌、我心永恒、关于海和故乡的思念。

清晨或黄昏，一群群洋溢着青春和梦想的飞鸟，会从圆圆的太阳背后追随时光而来，它们向东、向西、向南、向北，朝向任何方向，不疲不倦，也没有毫无征兆的眷恋。

而在人间，在安静的庭院，时光以同样安静的心绪，告诉我世界没有边界，生命不缺灵性，光阴不曾斗转星移。

朴实仍旧是起点。美丽的小院，几根细竹牵引着几朵泛青的小葫芦，它们陈列在通幽的小径边上，若有若无，仿佛禅意。数枝桃花开在明镜里，伴随着落日或晨曦，虽然已经有些颓意，但还是芳香不已。而那些柳枝，已经很热烈地吐露新芽，仿佛年岁正佳，不应把青春抛下。而不甘寂寞的三角梅，早已抱上了火红的云霞。

虽然不是很特别的园林，但山石奇峻，仿佛镌刻岁月斑驳的坚韧；泉声激越，仿佛涌动渡洋翻山的情境。而那些开在花盆里的月季和桂花，则像是刚从年画中走出来，步履轻盈地穿过深灰色围栏的童子，无拘无束地扎堆在和蔼的草地上，幸福快乐地晒着太阳。

而到了晚上，对着朝西的窗户，很容易看到鸟儿回到家乡，看到路上的行人和车马，正朝着一轮圆圆的月亮许下愿望。偶尔还能看到，几颗星星从云层中跳出来，朝着天涯的方向挤眉弄眼，仿佛已经弄清太空的底细，无须太多的努力，就能云游太虚。只有蛙声,刻意留守故乡,用熟悉的方言,为平安打烊。

初春的故事一如既往,和气、清新、吉祥、安康。

夜无比温馨。

稍稍有点奇怪的,是小蛐蛐的梦呓,简单、甜蜜,一直在露珠滴落的间隙里持续。

三月桃花红

三月，桃花真的红了。

它们成群结队，出没在我仰慕的视线里。

所有的雾，似乎也是为了成全这桩缘分而来，无论轻重，也不分远近，更不管是清晰或者朦胧，它们都小心翼翼地凝成了梦，用一种薄如蝉翼的生动呵护着眼前和过往的时空，让忽然萌生的春色有了自然明媚的律动。

像是怀揣着无数的恩宠，也像是拥有了无限的心胸，这个时候，江南最适宜独处。水总在离石头最近的地方回环，风总是在去往林间的路上举重若轻，而那些新生的花朵也并非招之即来、挥之即去，它们挺立山间，有着健康的筋骨与青春的容颜，就像生命的痕迹出现在岁月里边。所以，在丘山之巅，在丽水之畔，我都能看到成片的桃林托举着美丽的缤纷，把那些红中带粉、粉中带红的梦幻缝进时空，团弄着，围出一个瑰丽的世界，静静地安顿在晨曦之中。

天空由此呈现出与众不同。不管它有没有做好接纳彩虹的斗拱，那些雾升腾的视野饱含欲滴的葱茏，甚至让云团的腾空有了足够的恢宏，从而不输于任何历史长河里的山峰。而那一刻，我仿佛也来自不同的时空，因为真心被感动，所以心脏忘记了跳动，变成一缕轻盈的风，左右着这个世界所有的轻松和所能想象到的从容，即使不会与时间生死与共，也不再害怕失去富贵或恩宠。

这是冬天之后最令人感慨的场景，生命似乎一直处在曼妙的游历当中。因为你在路上，所以无论你是曾经站在小雨如酥的天街尽头，还是曾经躲在情人的眼神背后，那些扬起的精神或性情都足够圣明，让你时刻体会生活中满满的温馨，以及生命中无与伦比的平静。

因为有知音和伙伴相约同行，所以脚步与石阶也有了共同的幸运。当啄木鸟敲开清晨的大门，悠远的晨钟会随风的灵动款款而来，也会有依稀的旧梦因为月落而回到记忆之中。不过更多的时候，人们会穿过轻雾搭建的斗拱，将自己交给另一番生动，像黎明带来的远古声音，它们轻轻落在石阶上，不仅留下印迹，也留下了远播的声名。

我在清澈的小溪边看见了自己的身影，它的旁边漂浮着许多美丽的小精灵；我还在醒来的青苔上看到了日光和月华，它们尽管已离家多年，但依然保留故土的形象和声音。在山坡垒成的海洋，我还看见了风和浪，它们把漂亮的花瓣变成了青春的气场。在它们身边，我不仅记得树和风景，还记得爱和脉脉含情。在我的印象中，岁月仿佛一直这般年轻。我在和啄木鸟打招呼的时候突然想到很久以前的事情，那时候它们刚刚搬进这片密林，似乎还带着难以忘怀的曾经，而现在，它们的儿女已长得娉娉婷婷，学会了呵护左邻右舍和自己的心灵。眼前的这片树林不仅承载了不离不弃的心境，也充实了所有过路人的安静。它们与风共同穿越时间的河流，最后都在时间的见证下，成就了芳华的永恒与空前绝后。

桃花漫山遍野。它们可能真的是一无所求，它们莅临枝头，并未渴望圆满的故事陪伴左右。那些红静静地来，悄悄地走，仿佛生命就是一次与天地平常的交流，不提及伟大的诉求，也不流露芳心暗许的娇羞。它们离开枝头，同样既可乘风归去，也可蓦然回首。

环境异常富有。天地间所有的成就似乎都属于自由。不管是暗香盈袖，还是欲说还休，当人们在云雾中寻找芬芳的时候，没有谁会因为风流而与季节结仇，也没有人因为害羞而将自己关在道口，他们一直惦念着的码头，依稀就在小河的上游。

花儿格外俊秀。踏青的人像鱼儿般游走。也许他们身上都带着数不清的从今往后，但在三月的阳光里头，没有一句问候停留在唇口，人们从日子的东头走到西头，只用了不到一张日历的薄厚。

这是春天，它属于花与草的档口。人们常说的涛声依旧，也许就藏在这艳丽的红花绿叶里头。

在春雨中行走

洋洋洒洒的雨下了整整一个夜晚,天亮时,门外的小池塘已溢满了温润的春水。

已经泛绿的柳树伫立湖边,神清气爽而且精力充沛,正用十分舒展的神情凝望开始青葱的田野。

美丽的世界,燕子不来,和暖的阳光也不曾来,但几只顽劣的小鸭子还是早早地占领了池塘,学着唐诗里鹅的模样向天歌唱。它们稚嫩的声音和略显夸张的体态,让春水有一种水墨似的清静和一种似梦非梦的感觉。这种感觉带着一丝浅浅的朦胧,汇合上春雨绵绵的淡雅,一起柔柔地向远方的天地延伸。微微的风里,所有青了的幼苗都挂上了漂亮的珠帘,正兴高采烈地享受生长带来的快乐与复苏。

天色并不是特别清亮。空气的湿润使大地拥有一种历经生活磨难后留下的坚忍。此刻,它正用平和的耐心与可以接受一切后果的淡定开始春天里的耕耘——让冰雪融化,让种子发芽,让丰润的枝条长出嫩叶和美丽的花朵,让远方的村落萦绕在缥缈又十分诗意的炊烟里。

河道里没有扁舟和帆船。往来的驳船无一例外地都载满了货物。它们上行或下行都竭尽了全力,用浑厚的力量拍打岸堤和河滩,让那些滚滚而来的巨浪尽情地享受激情与豪迈带来的酣畅。

在河岸上伫立的木棉，也保持着千百年来不变的英姿，用战士般的刚毅，让自己巍然挺立在南方的大地上。

湿润的原野上，油菜花已经开放，迎春花正在结蕊，无数的桃李把红白粉紫抹了一层又一层，山茶花很是特别，它们只在游人出没的地方羞涩地把玩自己的收藏……即便是这样，我还是清楚地看到了所有的灿烂与美丽已经把春天点燃，它们让春水点缀的大地无与伦比地呈现万象更新的模样。

正是在这样一个特别的日子，迎着春雨走在万象更新的大地上，我拿开头顶上的那把花折伞，任性地游走于鲜花盛开的地方，我的四周全是春天美丽动人的风景。

油菜花开

每年三月，一到油菜花开，我一准就在花海里。

中国最美的油菜花，罗平、婺源，都能满足期待。而这两个地方与我居住地的距离，也就大半天的路程。因为是人们感叹的人间仙境，再矫情也觉得应该前往。

罗平多山、多丘，山与丘环环相扣，合围出天光云影的由头，让油菜花显得特别富有。而春天经常出现的雨雾，一直用它们缥缈的缠绕，让花和季节现出窈窕，仿佛爱上了玉带银边，在美丽的簇拥下与人间相会，尽显寒烟初尽的情境与春意绵绵。

婺源的小桥、流水，像《忆江南》曲调的回归。水的萦回与路的鬼魅同样唯美，让油菜花充盈着灵气，满满的是花黄柳翠。

莅临花的海洋，一切宛如轮回，除了油菜花的神奇，春天无处不在的芳菲同样令人心醉。一望无际的黄橙绿翠，以流畅的形态与山野相随，总让人有梦境的误会。碎碎的花与滔滔的风层叠晕染，不仅端出了阳春三月的精髓，也屏蔽了岁月长河的杂乱与荒废。在花与山头之间，在水与颜色之间，生命的线条飘忽不定，而蕴藏的精神却格外笃定，像那些托举着灵魂的阴晴，牵着时间的衣襟，静静走出黎明。

花海中没有清晰的路，田埂的幽曲像温玉的回声。它们是通向美丽的阶梯，无论清晰还是迷离，都努力将这片世界与俗世分离。花海有着天造地设的格局，每一方、每一片都拥有成全宇宙的胸怀和底气，即使无根、无底、无墨、无迹，也能心有灵犀，将环境带进玄机，而且永远不被剥离。人们来这里踏青、寻觅，似乎也不是为了证明自己活在人间仙境，而是为了表示自己拥有一颗爱美的凡心。

花就长在神奇里，美丽，且由里而外透着灵异。且不说那无边无际，或者光怪陆离，就是那或方或圆的旖旎，它们带着的，常常是令人无法形容的惊喜。青橙黄绿、缤纷瑰丽，不仅入情入理，而且且生且长的惬意也都显露无遗。黄色与粉色，原本看起来多么不搭调的纹理，在这里竟然不是败笔，而是清奇；油菜花与荞麦花，印象中多么遥远的距离，它们竟然亲如夫妻，愿意牵手三生三世；就连黝黑的石头和黄褐的土地，因为陶醉于万象更新的呼吸，终于脱胎换骨，变成了爱情故事里的磐石。

梯田有多高，花海就有多高；阳光有多明亮，渴望就有多明亮。送暖的春风如果不识相，很有可能背不动这漫山遍野的花香。

游人如织，他们构成花海的另一种肌理。

看见人潮流淌，总以为是追随水的去向；看见春风荡漾，总以为接近了海洋。即使不在画面中徜徉，站在山头最远的地方，也能感到世界和桃花源一模一样——清一色的村庄、清一色的瓦房，与油菜花隔空相望。它们在花尖上候场，不在乎谁东游西荡，也不在乎什么南来北往，它们就像性格温顺的南方，热爱风光，也热爱天清气朗。而古井与老树就在身旁，像记忆的清样，始终印刻着一种特别的时光。临街店铺招摇，虽然也并不宽敞，售卖的也多半是五谷杂粮，但这一切寻常，竟然让人格外向往。

走进花海，人们的姿态一样，笑容一样，而且都学会了用花儿的横短竖长，遮住自己的匆忙，遮住自己身在他乡。

镜头对着花，对着自己，也对着远方，长长的生涯仿佛就此停下，真心地开成花，然后镶进这一幅幅静美的画。

终于不再感觉时间短促，不足以谈论天涯；终于不再害怕掏出心窝里的话，向身边的人表达；终于不再顾虑年华，什么时候纷然落下……最无助的想法——我将回家，而花依然红火于天下。

春三月，油菜花和风雨，静静落在南方的段落里。

西湖 四月

阳光从湖面升起。

刚刚苏醒的西湖波澜不兴。水的世界竟然如同明镜，与四月的清新很自然地派生出各种风情。宁静与悠远被实实在在地感觉，而且时间、朝阳，以及它们所关爱的一切都顺利归来，并带着辉光自觉融入一个春意盎然的新时代。

春天延续它不老的神奇，当身段的窈窕加上率性的妖娆适度燃烧，人间寻味的丰衣足食似乎就不那么令人魂牵梦绕，取而代之的反倒是湖里的天光与湖岸的碧涛。青春的曼妙如此富饶，它们与复苏的和熙糅合在一起，幻化出湖光山色的写真照，给大地增添缥缈，让环境陡升格调。

因而，一切变得纷纷扰扰。生命的快慢织成各种肌理，而且不需要任何剪裁，就有风一样的和蔼、天空一样的情怀，让人感觉温暖一直都在，像花香一样值得期待。

虽然远近并没有人们渴望中的雾散云开，但旖旎、秀丽却是季节里不可多得的旋律，它们释放出点点滴滴的清新，都齐整地罗列在四月的辉光里。

最令人舒心的，肯定不是人勤春早；最令人惦记的，也肯定不是思绪飘摇。光阴和岁月千里迢迢，它们移来的无数枝条，上面同样缀满四月东风的曲调。

妖娆，是西湖的写照，像阿娇当年独领风骚。青山绿水所拥有的万种风情，除了催人们醒得更早，也都亲历了从无到有的幸福的烦恼——如燕子开剪柳条，蝴蝶在花间舞蹈，时间慢慢学会了青春不老。

生活之外，人们观赏桃花红、李花白时的热闹，也不再是虚无缥缈，一切都在春天获得了回报。缤纷世界自带的晴好，既有传奇，也有写意，它们在不经意间经营出轻盈和舒适，时而在山头云集，时而在水边潋滟，与之同行的记忆，不是断桥故事，就是箬笠蓑衣。

美人蕉亭亭玉立，牡丹的丰腴与海棠的含蓄浑然一体，它们的身边，同样是春光涌动的神奇。

流逝的是绮靡，闲适的是天高云低。而花的红、柳的绿，恍若知己，它们朴素得干净彻底，仿佛只有灵异，才能吸附这清澈的美丽，从此生根落地，不离不弃，就连不知从何处传来的钟声，听起来都像自由的呼吸。

阳光微弱，但不影响播撒的执着；春水潺潺，也像跳动的脉搏。湖山跟前清晰的婀娜娜在这一刻都变成了时空的琥珀，完全彻底地融入了生活。

在西湖的光辉里，春天就像涌动的鱼鳍，不时翻出疏疏密密的写意，似乎只有不经意才最终可以定义。

桃红的深处，杏花飞渡；轻烟杨柳，流连着四月的问候，在它们的前头，还有数不清的晴柔在画里回眸。

穿过小径和巷口，直达廊桥与津头，在龙门的左右，每一朵波纹的苦修，都功成名就；每一次短暂的停留，都长长久久。镜中的丰茂，只有永恒的心情拢得住、拎得清。

西湖的晨昏，娉娉婷婷；羞涩的江南，结庐人境。

除了春之声、四月的愿景，应和的几乎全是鸟鸣，写意的山与写意的水共同孕育视野的瑰丽与生命的笃实。

花季是巨大的惊喜。盎然的枝头与宽广的天地绵延出温和的肌理，它们无法比拟，却在日出日落里清晰，最终成为茁壮的传奇。人与花的攀比，散落在城市以及乡里，不管多么随意，最后都凝结成了不朽的潮汐。

最近的风光与最远的意象达成默契，而且永远不偏不倚，它们串联的世界没有边际，很容易让人情难自已；鸟鸣与笛声的和鸣由此及彼，它们虽然只是飘忽不定的轨迹，却在四月的春风里培育出了生机，定型成我热爱生活的大旗。

春天的西湖，仿佛就在邻家隔壁，它与时间及大地没有距离，仅仅借助了春回大地的肌理，就将光阴与岁月严丝合缝地连缀在一起，而且不露任何刻意的痕迹。

追随游人的足迹，我如风如雨，出没在西湖的故事里。雷峰塔的神奇，桃花朵朵的苏堤，千年等一回的旋律都变成玄机，静静地闪亮在春天的怀里，而潮水般涌动的春风十里则变成一种气息，由表及里，簇拥着江南的含蓄，武装着我无法遮掩的惬意。

远离故居，不在乎时光流逝，也不感叹死而后已，在西湖的境遇里，东风微起，朝云暮雨垂青大地。

圣堂山的杜鹃

圣堂山在广西金秀，那里生长的杜鹃天下闻名。

每年的四月，是杜鹃开得最热烈的时候。从半山腰起始，一直绵延到山顶，当那漫山遍野的山花开放时，油画般的世界便铺张开来，仿佛只用了一种浑然天成的写意，就让全天下的色彩彻底臣服，渲染着人世间少有的神奇或者不可思议。

大自然造就的这一幅天下奇观，有着极其明亮的情怀。这里生长的杜鹃成堆成片，不仅面积广大、树密林高，而且层次分明、色调魔幻。在人们的印象里，杜鹃花大都是纯色的，比如艳红、粉红、微紫、酱褐等等，而这里的杜鹃则似乎要将全天下所有漂亮的颜色都占全，除了上述的几种色系，淡蓝、橙黄、酱紫、莹白、浅绿无不应有尽有，而且花的颜色还会随着地势高低的不同、光照强弱的不同而变化出更多的神奇，形成一波又一波的色调环带。比如靠近山腰上的杜鹃，花的颜色极其淡雅，而越往山顶走，其色调就会越来越深，最后竟变成深紫；与海拔变化相类的还有光照，在方圆数里的圣堂山上，光照强一点的地方，杜鹃花的颜色都要比光照弱一点的地方浓烈一些。这种奇妙的造化，鬼斧神工地将峻朗的山峦装点成了"此山只应天上有，人间哪得几回见"的福地洞天！

由于山势的起伏与灵动，加之时间在一天之中不停地流转，温度变化的瞬间，圣堂山的杜鹃像是乘着美丽的风辇适时地出现在意想不到的地方，让人在渴望的时候及时遇上惊喜，它们的淡雅、浓烈，以及与生俱来的馨香感染着活跃在这片国度里的每一件风物，让它们随缘生出无数境界，展露无限风光在险峰的胸怀。而这种会随着一天气温不同而呈现出不同形态的变化，附着着晨阳未露之光辉、珍珠粉黛之气魄，逶迤在绵延万里的山水之间，真正成就了它们的极致与堂皇，以一种超凡脱俗的格调，收获着佛国仙境的荣耀。各色杜鹃那样洁净清新，仿佛女子待字闺中；那样窈窕丰盈，仿佛贵妇素裹浓妆。而当日头高照，清风徐徐的时候，这满是芳香流溢的世界更是显得光明通透，犹如星河璀璨、丝路花雨，或是人间的花好月圆终于迎来福禄双全。

美丽如此敞亮和大度，非常自然地超越了人们描绘的爱情和幸福，笃实地建构起圣堂山的成熟——充满人间五味，也摆脱世俗与迷途，真正成为大觉大悟。

如此神奇的山峦和如此神奇的杜鹃自然不会被游人所忘记。打这一片天地被发现以来，四面八方的游人便慕名而来，他们不畏舟车劳顿，也不畏山高路险，只希望能登上山顶，达成一种心愿：与眼前的杜鹃花合影，与身旁的风光同化，与美好的愿望重逢，与理想的生活合体。并将这独一无二的情境栽进自己的心灵，让它变成自由、快乐的名片，散发在天地间，形成记忆，与人分享。

于是，在每年的四到五月份，圣堂山总是游人如织，他们来自不同的地域或国度，有着不同的职业、年龄和性别，却都装载着共同的愿望——成为一个真正意义的赏花人。

　　旅行，看世界，也许是真实的意图，也有可能是善意的托词，但一旦他们进入了这片花的海洋，无一例外的，他们的一些想法会多多少少地有所改变，比如，你会不知不觉地放下，放下忙碌，放下情非得已，放下宏图大业，放下前世和来生……你仿佛一下子成为天性自由的人，从来就是干净的、轻松的，没有被狂风暴雨摧残过的，而美丽的世界也似乎不再抵触自己，不再将自己推得那么遥远，我们追求的快乐其实一伸手便可触及。

　　也是受益于这样一种神奇，每年的四月，我都会到金秀来，也都会登一登圣堂山，似乎不只为欣赏这里极其特别的杜鹃，更多的可能是为了自己的六根清净！

艾 草

清明前后，田野上的艾草生动起来了。

那种生动青春而且鲜活，宛如一条闪着粼粼波光的河流，舒缓地、平静地途经我的家乡。每到这个时候，我的家人会特别忙，一方面他们要到地里给刚刚发出嫩芽的果树除草、施肥，另一方面，他们还希望能够赶在其他村民之前采集数量更多、品质更好的艾草。

这个时间，市面上买艾草的人也很多，除了药商，拆零散买的多半是乡民，他们做的艾粑粑是这个季节最流行的特色食品。我们家采摘的艾草，做药材的很少，几乎全都拿来做艾粑粑了。

我母亲生于中药世家，到我外祖父那辈还颇为有名。但祖训规定祖传的医术传男不传女，而我母亲那一辈只有三个姑娘，没有男孩，医术就失传了。但用艾草做艾粑粑这一门家传的绝活儿倒是传了下来，在糍粑里除了加上艾叶汁，还添加一些特制的中药，这样做出来的艾粑粑味道就很特别，别人家仿制不了，除了好吃，还能防病治病。

以前，家里做艾粑粑主要是供自家人吃，偶尔也送一点给邻居和亲朋。但后来慕名的人多了，便有人到家里来买。刚开始的时候，我母亲都以农活儿忙，没时间做为由推托。谁知后来竟有几个邻居家的小媳妇说："要不这样，您老负责在家做粑粑，我们帮您下地干活儿，不让您耽误农时！"这样，我母亲推托的理由便没有了。也就是从那时起，我家开起了一个做艾粑粑的小作坊，每天要做一两百个艾粑粑，供上门的人购买。不过，这一两百个艾粑粑实在不经卖，通常不到下地干活儿的时间，排队等候的人就把它们抢完了。

这么红火的生意，让村里的一些人家看到了商机，他们也开始经营起做艾粑粑来，可惜都没有我母亲做得那么抢手。

一个艾粑粑卖一元钱，每天我们家有一二百元进账，看起来真不少了，可是后来我核计了一下成本，虽然艾草是地里免费捡的，但糯米是辛苦种的，一些中药是药店里买的，做馅用的糖、花生、芝麻都要花钱，即使不算人工成本，这笔生意做起来根本赚不到钱！

看着母亲每天早上不到四点就起来忙活，磨米，捣药，炒花生、芝麻什么的分外辛苦，我曾经劝她别做了，要不然就提价，一个粑粑卖两三元，如果人家要，我们家也能赚点钱，如果人家嫌贵不要，正好借坡下驴，索性再也不做了。可母亲说，人家来咱家买，说明人家真的需要，怎么好意思能帮不帮呢？

可能正是这句话，让清明前后成了我们家最忙碌的时节。每天我们下地，必定要先采摘艾草，然后才干正活儿，回到家里，还得忙着准备糯米，挑拣艾叶，筛芝麻，剥花生，到晚上还得一家人围在桌前搓粑粑。这似乎就是我们家这段时间最常态的生活，好像从来就没有改变过。

自从上了大学离开家乡，然后到大学毕业留在外地工作，我曾经有过十余年时间不在家里过清明节，那时候似乎有点终于解脱了的感觉。可每当我在超市里买菜，看到超市里摆卖的艾粑粑时，就会特别怀念家里艾粑粑的味道，觉得超市里的艾粑粑简直就不是人吃的。

到三十五岁的时候，我终于有条件在单位里自由选择自己的休假时间了，于是我将每年清明节前后的七天时间定为自己的休假日，我跟领导说是为了祭祖，但其实是为了能回到母亲身边，和母亲一起做艾粑粑，品尝母亲做的独一无二的艾粑粑。

艾粑粑很小，充其量不过一两多重，但从摘艾草到出锅的整个过程，它满满的全都是我充实的往昔生活和甜美的回忆。

清明节前后的田野周边，艾草很娇嫩，浅灰、浅绿，百媚千娇，它们清新、柔婉地点缀在田地四周，和四月的阳光一起温暖大地、美化神州，那种盈实而朴素的光华，无法复制，令人感慨有加。

在清明之后的阳光里

清明之后,春天离我们的视线就越来越远了。

今年[1]的春天注定特别。与往年不一样的,不是春天有什么改变,而是我们被迫摁下了暂停键。比如我们没法像往年一样正常出门赏花、看风景,没法自由地出入鸟语花香的大自然,没法自在地呼吸新鲜空气,在广袤的田间地头抒发紫气东来的愉悦或者与春天交集的种种幸福心境。而这个中的原因,是一场突如其来的不近人情的新冠肺炎疫情。疫情在年前暴发,在年后肆虐,不仅直接危害了许多人的健康,也影响了每一个人的生活。后来我们知道,要想扼制这种传染性极强的病毒,我们必须打一场全民皆兵的战争。医生与患者是直面危险的勇士,而我们也不能置身事外,需要通过暂停外出活动,避免成为病毒传播的媒介,从而阻断病毒有可能传播的任何通道。虽然我们的作用微弱,但,无可替代。

虽然清楚,人吃五谷杂粮,偶尔患点病痛是难免的,但新冠肺炎病毒的入侵,还是颠覆了我们的认知,它与常规疾病之不同,是它的悄无声息,是它爆炸似的传播力,而且一旦感染,它可能会是致命的。

---

[1] 即2021年。

千百年来，在地球上生存的人类一直以顽强的毅力不间断地与各种灾难做斗争，虽然有时候我们并不确切知道这些灾难究竟属于天灾还是人祸。不过战胜眼前困难的决心与信念却是永恒如一的，包括这次面对一种从未听说过的新冠肺炎病毒。

很直观的，投入战斗就必须做出牺牲。在疫情肆虐，我们奋力反击的那段时间，我们迫不得已封了城、堵了路，大家宅在家中，尽量不聚集，不让病毒有通过我们继续传播蔓延的路径……当然，我们为此牺牲了与家人欢度春节的喜庆，牺牲了热闹与祥和，牺牲了万物复苏的春天，我们无法与春天进行零距离地接触……在百花争艳的时节，我们只能站在阳台或隔着玻璃与外面的世界互望。

很自然的，在这样的情境之中，绿草红花不可能像往年那么笃实和真切，看世界的心情也不可能毫无芥蒂。面对这样的春天、春景，我们会有些许的遗憾，些许的感叹。一方面，是关于生命的弱小与无助；另一方面，是关于时光的逝者如斯。

世事恐怕就是这样，而且也将永远是这样。

好在云雾已经散去，我们慢慢地回归了正常的生活。虽然迟了点，但我们总算抓住了春天的尾巴。在小区广场漫步的时候，我看见周围的树依旧青翠，草地边缘的花虽然大多已经不在最好的状态，但青春俊俏的模样还在，沁人心脾的余香还在，印象中美丽的夹竹桃依然亭亭玉立、感人心怀。

更令人愉快的是，出门放风的人们的脸上已经没有了往日的阴霾，他们的心情同四月的阳光一样绚烂、和蔼。

我很庆幸能作为人群中的一员重新游弋在有山有水的人世间，并有心情继续抒发有诗、有远方的情怀。而令我高兴的是，在视线所及的地方，我还能真切地感受到晚春的气息——复苏的一切正徐徐拉开，生命的期待否极泰来。

正如此刻，在午后温暖的阳光里，我不仅拥有了快乐与可爱，还看到了幸福在树上，簇拥着鸟鸣，与不远处的青山、绿水继续着生活的源远流长。

画里的春天

这会儿天色并不太好。雨下下停停，带着零星的飞花。虽然黄昏尚未来临，天地间却散落着影影绰绰的寂寥。

梦幻中的湖水，含蓄、内敛，像安分守己的大家闺秀，虽然怀揣新生活的理想，却也能平和地藏住爱情来临时内心的巨大惊喜。

望不到边的天空，空蒙、湿润，流露着尘缘再续的种种渴望。

南方，既古老又陌生。

而每年的这个时候，我都会在这说不清道不明的地方，用行走的方式留下记忆。绵绵细雨，花谢花飞。春潮在无声舒展的同时，也为我呈现了传奇、童话——在人行天桥、在乡间小道、在步行街、在海湾或码头，任何可以通达人生彼岸的出口都涌动着人流，安放着曲径通幽的心事！而人们热爱着的田原，油菜花开，桃李奔放！就连平时很少抛头露面的水仙，也悄悄集结显山露水的爱恋。那湾我曾经思念过的河水，由西向东、不舍昼夜，也渐渐拥有了如蓝的韵味。

我行走在河岸上，看如茵的绿草平和地涌向天涯。它们容留春雨，接纳清风，就如同古代仕女容留精心挑选的夫婿，接纳生死相依的良缘。草尖上挂着的水珠，每一颗都非常晶莹，像饱含璀璨的幸福与欢喜，闪烁着令人心动与爱慕的秀丽。

河边的杨柳亭亭玉立。它们如约扬花飞絮。那雨雾中依稀曼妙的身影，既青春又卓然不群。平淡朴实的自信很容易赢得路人的尊敬。和它们有着同样格调的，是南国的相思树，它们细腻、温婉、青春、柔媚，聪慧善良的样子也是浑然天成！

我在柳树底下徘徊，用一把粉红的雨伞隔开天空和大地。温润的雨水滑落在我身旁，溅起细细的水花，形成点石成金的画面，很让人觉得舒适。

我看到有船儿在江面游走，它们的来来往往似乎没有固定的方向；看到有老翁在河边垂钓，他把精力全都投向了鱼线，仿佛生活就是那根手里握着的鱼竿，一旦松开，就可能遗恨千年。

我还看到了河岸上的菜园，青青的菜色宛若茂盛的水草，厚实的娇嫩支撑着它们迈向艳阳或雨天，在朴素中积攒天然，在天然中凝聚朴素。一排醒目的足印，从它们的身旁绕过，似乎在提醒人们：这儿就是故园。

脚下的路悠远，但我并未疲倦。

我跟着雨来，也跟着雨走，直到走进画里的春天。

春天的家园

云开雾散，美丽的江南风情万种。

在幸福与幸福的缝隙间，我居住的家园万紫千红，阳光清亮。

春天来了，迎春花已经把草地变成了海洋。那些在入冬以前还在为自己的前程和事业担忧的小喜鹊，也都找到了可以陪伴自己终身的伴侣，并对未来的新生活充满了期待与向往。我从蝴蝶姑娘那里得到了确切的信息，她们将用一整个季节的时间出门看风景，顺便云游天下。

不再有生命希望把自己关在屋子里。从早晨到黄昏，风一直在路人的身边徘徊忙碌。它们的恪尽职守完全出乎对职业的忠诚——人间需要大爱，环境需要日丽风和，生命需要有合适温度的霞光，而风，恰巧是传达这一信息的最忠诚可靠的信使！

这时候天是亮的，有着透明的洁净与金子般的秉性。我在有生命活动的每一个场所，都能随意触摸到温润清新的感觉，就如同我刚刚从月光中走过，身上披着那件数千年来人们一直盼望能一睹真容的霓裳羽衣。

这个季节不会炎热，也不会寒冷。所以家园干净、整洁。没有人出生，也没有人死亡，充满青春能量的太阳和月亮轮流值班，努力呵护光阴途经的每一个地方。四海之内物阜民丰、天地祥和，快乐的生命乐享天年。

没有谁急着出门，也没有谁急着孵化心事。人们在院子里种花、赏花，也在经常散步的路边铺盖青草。他们努力培植的美丽，最后都变成了善良的心地，开花在人间，结果在家园。

万物在春雷中醒来，万物在明媚中走向未来。

在这样的日子里，我醒来的第一件事，就是教育孩子如何爱护春天的美丽。

牵牛花

今天早上加班，为了节省时间，走了一条平时不常走的小道。在小道折向办公楼的拐弯处，就看见了正静静开着的牵牛花。

攀着栅栏的细瘦青藤上，花儿可着劲儿地开着。虽然只有几朵，而且一律瘦小，却异常耐看和养眼。花的颜色很淡，蓝中微带粉红，喇叭样的身子，线条柔和而且清亮，玉一般的质地、凝脂似的姿容，干净中透着秀雅，端庄中带着娇羞，很容易让人想起电影里穿着和服的日本少女。

因为是早上，阳光还很温柔，它沐浴在光辉中的神情既青春也慵懒，既快活也俏皮，像极了神话中轻歌曼舞的仙子。举手投足间，流泻着撩人的诱惑与神秘，瞬间让阳光有了色泽，让节日少了躁狂，让行脚匆匆的过客有了驻足的渴望。

牵牛花并非精心栽种，它只是园丁不经意的遗留。在这个被整齐划一装饰的天地里，任何与千篇一律无关的东西通常都活不长久。牵牛花能侥幸保留下来，并有机会绽放它的美丽，恐怕是因为它的细小、与世无争、甘愿藏身在没有多少人关注的角落……当然，还加上一点点园丁粗心大意的运气。

正是这不经意的遗留，成全了今天我眼前的这一抹亮丽。牵牛花以一身素雅的装扮，点缀在漆黑栅栏与万绿垄断的色彩中，用一种自然、平和的淡定，奚落了这世间所有的铅华，让弱小的生命瞬间生动起来，也让一向很少有笑容的我拥有了无比迷人的笑容。

与春天同行

从来没有任何一种心境，可以让满山遍野的鲜花从此入定；从来没有哪一种关怀，能够让风尘中的恩爱远离春暖花开。

过往的云烟，无论阳春白雪，还是下里巴人，不管曾经拥有过怎样的风光无限，只要在春天，它们同样会遭遇藕断丝连的缠绵。

这个季节，喜欢里应外合的是细雨和思念。细草微风，桅樯独夜，人们经常可以看到"风雨送春归，飞雪迎春到"的画面，河岸上高大的木棉独自将花开在无人企及的沧海桑田。

在名声显赫、如诗似画，同时也格外安静的江南，美丽永远是不老的话题。它们与西子、西湖以及黝黑的乌篷船一起，行进于三月的烟雨中。四月的樱花，不需要梳妆打扮，不需要九转十八弯，就可以将岁月蜿蜒于市井或者河床，花谢花飞，或迎来吹面不寒的杨柳风，或送走趁东风放起的纸鸢。

湖光山色，天地没有爱恨离忧；风拂杨柳，人间却有晴暖的情怀让人倾心缅怀。就如同阳光落地在雨后，人们对天空的一往情深会变得干净、纯粹，哪怕雨过天晴，天地留给人们的并不是万里无云或一碧千顷。

漫长的冬季，人们习惯于忽略一寸光阴一寸金的启迪，但在春天，朴素的忍耐可能会带来时光如梭的感慨。花开烂漫，人们用春和景明表达心境；彩虹归来，蜂蝶用蜜的芬芳装点爱情和期待。

即使不是江南，即使没有红杏枝头春意闹的精彩，河堤或者烟花柳巷，如练的江水与云中的霞光也能盘桓成岁月流觞，载着波光水影里的相思，走过池塘、走过花房，然后驻足在春风、春雨迷恋的地方，相依相偎成才子佳人的爱情故事或誓死不悔的飞蛾扑火的感伤。

雾锁连江，风光如画，流水静止在天涯。枝头送别桃花，燕子飞入百姓家，晚霞围成王谢堂前一年一度的繁华。水乡的画风里，有杜十娘的沉箱或林黛玉含泪葬的花。

人间毫无传奇，只有风声雨声弹拨的旋律千年不易。

在桃红柳绿的路上，我与春天结伴同行。

夜 雨

一场春雨，痛失一夜好眠。

没有贵如油的惶恐，也没有细无声的碎梦，只有你侬我侬般的放纵。当满是湿气的风一个劲儿地拍打窗门，被凉拌过的温度便无须引渡，就堂而皇之地渗入夜色中，在后半夜的困顿里转换成了凝重。夜的去向与黎明前的黑暗因此混搭出一种特别迷幻的格调，既对风落井下石，又对雨不敬不恭。

草和树就此沦落。它们的心忽然被盘剥，在面对突如其来的天气变化时压根儿找不到灵魂与寄托，因而也无力生产出一些切合实际的想法，来为生活披荆斩棘，或为命运吹灯拔蜡，所以只能在深邃里一再憔悴，并最终现出疲惫。

沙沙的风声与滴答的雨声原本不是罪，只是由于无怨无悔，它们被定位成了视野，并共同主宰夜里几乎所有的情境。迷雾一样的基调周而复始地笼罩，像路被水长久浸泡，最终脱离窈窕，不得不放下身段与泥泞过招儿。而身上的湿重宛如疼痛，不仅无法清空，而且让呼吸彻底离开从容，即使有路灯一直护送，也止不住老态龙钟，再也不复当年的英勇。

夜的斗拱太像一帘旧梦，它的长度甚至超过太阳黑洞。凡春天所能见到的生动，比如燕子低飞抑或柳绿花红，都止步于很远的怀念当中。哪怕微光之下屋外的草与树都努力把天露揉搓成明珠，它们给人的印象依然无助、无辜，远离庄严与肃穆，就如同生命注定找不到归宿，只能在内心呼唤旧主，希望有朝一日重现江湖。

虽然居住在百米高处，但我的感触仍然不能在城市立足。雨水浇透了建筑物的筋骨，它们溅出光的弧度和血的温度，似乎想证明，生命只要奔波在征途，就一定会带着一些恐怖，带着一些酸楚！好在夜的黑并没有多余的光辉愿意投注，所以柔弱最终也并没有被发展成孤独，它尚且有希望在不被发现的某个角落等待复苏。

雨声穿过心灵，多少有些影响我闭目养神，不过世界已然无法掌控，无论我招呼什么样的梦，它们都很难到达指定的时空。屋里屋外，始终风起云涌。

随时间漂泊的生命，既像寂寞，也像蹉跎，它们每挪动一下脚窝，都会被温暖的情怀错过。

不离不弃的似乎只有桌上的花，墙上的镜框。它们在那里守着岁月的昏黄，因为时间太久，已不再记得南来北往，或满园花香，甚至山高水长。

昏暗成全一切陷阱，似乎只有等到天亮才有可能解放。

因为太黑，所以周围并没有光被点亮；因为漫长，所以也没有声音愿意随雨丝流淌。我没有起身，只将身子慵懒地斜靠在飘窗边上。触手可及的水珠在彷徨，它们途经的地方，有玻璃留下的伤，也有岁月曾经打磨过的印堂，它们借着风声浩荡，一路摇落迷茫，渐渐地坠入空旷。

天惆地怅，偶然听到的落叶的呻吟设定着某一种音频，有时如钟磬,有时如明镜,没有心情和灵魂在刹那间能够安然入定。时间的缝隙,不管孑然还是交错,都没有匆匆而过,只有难以复制的柔波,独自守着花朵里的琥珀。

忽然想起佛,想起火堂中的星火。一只飞蛾正从前方飞过。

我的雨季

这年的夏天，天亮得特别早，而且多情的雨水经常出没。

雨声清脆。我在微凉的晨曦中慢慢醒来的愿望就一直没能实现。那些在雨季中发生的故事，包括山洪暴发，水漫金山，以及有些人和动物失去家园，有些爱情没法修成正果等等，似乎每天都在上演，也都每天令人嘘唏不已。

闷热和潮湿，让我学会了在焦虑中等待。等待晴朗从遥远的海边一路走来，带来天空的蔚蓝和空气中淡淡的余香；等待乌云由黑稀释成雾，漂洗成白，然后连成鱼鳞般的碎片浮游在蓝天之上；等待我屋顶上的乌云忽然失去知音，变成漂亮的山顶。我甚至幻想，如果那时候我独自一人撑着一把粉色的雨伞走在阳光的馨香里，会不会变成传说中的仙子，可以和任何一段往事达成默契，演绎出这世上最浪漫唯美的爱情？！

可我只是幻想。事实上自从雨季开始以后，很长的时间里我都将自己锁在屋子里，用几本已经发黄的古书打发不能出门的寂寥。精神集中时，偶尔编织一些文字传达思想或表达对灵魂和生命重生的敬畏与思考。

房子宽大、空旷，但似乎并不能装载我用心召唤而来的世界以及世界中的色彩缤纷。屋外的雨水和天花板的光亮让我觉得无拘无束的时间实际上极为珍稀。即便在白天，在有音乐飘扬的房间，这世界多少有些让人感觉窘迫而且条件有限。

我的心性，一直存放在自然的天地里。印象中，我喜欢面朝湖水，看风刮过水面、刮过树梢时发出的阵阵柔波；我也愿意在尘土飞扬的路上看见大人用身子护着他的孩子，像母鸡张开翅膀保护小鸡。那时候我会想起我远在家乡的父亲母亲，想起他们曾经将我带到田间地头，然后手把手地教我如何将土地揉进自己的生活。

在雨水的滴答声里，我也会记起孩提时的一些人、一些事。似乎也是在夏天，当河水大涨的时候，我的伯父常带我到河湾里掏弄那些藏在石头缝里的鱼虾；我父亲则带我上山埋设套野山鼠的铁夹子；我堂哥帮我用石榴树杈做弹弓，还带我到山上的窝棚看过夜空中的星星；我和弟弟则经常拖着比自己还高出半截的铁铲到山沟沟里挖山药，然后在田地边直接将山药烤了当作中午的干粮……

从识事的时候开始，我一直觉得自己的生活充满各种不确定性。经常记不住昨天、今天，也没法很好地规划明天。吃的是粗茶淡饭，穿的是缝补过的衣裳，没有一件用钱买来的玩具，没有机会扑在父母的怀里喊爹喊娘。感觉自己就像一根长在山中的藤蔓，被岁月无意间带来，在空气中自主地寻找阳光和水分，然后自己安排自己的成长。依恋过脚下的土地和头顶的蓝天，却完全没有成为巨人的理想与信念。

在我的记忆中，夏天就是琐碎和忙碌的脸。它闪烁的画面，也是一些忙碌的碎片。比如我的母亲为了挣钱养家，曾在炎热的夏夜将已经入睡的我锁在房间里，后来蚊虫叮得我全身像长了麻疹；有一年夏天，村里宰猪分肉，为了庆祝丰收，我在家门口的石阶上跌了个跟头，结果弄破了自己的下巴，有好长一段时间没脸见人；也是在夏天，我弟弟的头上生了一颗疮，因为医生用药不慎，至今留下一块铜钱那么大的伤疤……

这些陈芝麻烂谷子的事像电影中的镜头，与思想无关，却播放在蓝天碧海间，不请自来、挥之不去，最后凝成缠绵、结成恩怨，让我无法选择、不能遮掩。终于某一天联袂出现在眼前，变成我活出状态的底线。

同时，它似乎也想让我明白，雨季之所以能湿天湿地，是因为这其实是一段成长的经历。

海边的夏天

天热的时候,人们开始向往水的清凉。

海以其特有的宽广,成为人们最乐意亲近的地方。

清晨或黄昏,喜欢看海的人徜徉在海边,融入海水,触摸沙滩,沐浴海风,看潮起潮落,听涛声拍岸,感受燕鸥呢喃,品味海天一色、天地苍茫。

金色的阳光射向深蓝,饱满而有分量。它们穿透云层的努力无圆无方,却拥有磁铁般的力量,更像一种自在自为的节拍,无形之中就促成了隽永与豪迈。而那些在云层边缘上了色的霞光与雾霭,则任性地在自己的本色中糅进黑与白的线条,使细密的纹理现出琉璃和琥珀的气魄,从而赋予了天空笃实、壮观的属性。

这时候,没有人能够看到星月。瓦蓝的天际停泊着所有梦幻的船儿,它们不需要帆和桨,不需要船员和水手,只凭借一些细如游丝的心愿就可以永不停歇地远航。

生命并不驻扎在海上。来海边的人却五花八门。他们唱歌、踏浪,也沉湎于自己的往事或幻想。人们在沙土里寻找宝物、挖掘欢乐,也努力还原遗失的岁月或青春理想。救生衣、汽艇、遮阳伞、比基尼,独立成景,它们不靠身段,不靠色泽,而是仰仗健康与鲜活。晨风与斜阳永远从容不迫,它们留下的缝隙刚好能映衬世俗的喧闹,而这些喧嚣又与椰林、珠贝、水母、海藻等一起构筑出岸的形象，并最终定格在岁月与海的记忆里。

经常出没的思念，云淡风轻；经常流动的心绪，芳菲无限。在这里，壮阔的不只是海天相连，眼前的画面，途经的所有变迁，也包括风的温润，水的激荡，以及如今浸润着波涛的人间桑田。

水一直坚守自己的领地。它的格局，外柔内刚。它用一种从浅到深、从无到有的层次铺设出一个深邃的空间，迎接风浪，迷离艳阳，吸纳生命，并在不经意间，让人放下戒心，变成没有空气也能自由呼吸的另一种生物。

这是夏天的海边。在雨水和阳光都特别充足的那些岁月，即使没有新的生命出生，即使真正的成熟也未曾到来，海，却以其无垠与浩瀚，容纳所有已发生或未发生的故事，并促使它们应景地变成无所不能的蔚蓝，永恒灿烂在天的边际！

真正堪称奇迹的，是这些温润的画面，最终都变成了我们心底的牵挂。

汪洋驾到

即便处于汛期，这场雨也下得太久了。

一早起来，我要做的第一件事，就是冒雨将车子从洼地里开出来。洼地的积水已有差不多四十厘米深，而且还在持续上涨。如果再不挪窝，我停放在那里的汽车恐怕就要变成沉船了。

我住的这个地方是个洼地，原来风水挺好，三面环山，一面通向万亩良田，以前情况很好，人少楼少，下雨了水往田地里流，很快就消失干净，从来没听说过有洪涝灾害。不过自从前几年良田被大量地征用开发，很快就进驻了几个新的楼盘，新开工的工地挖出的渣土像山一样堆积，而且一天比一天高，将所有的水路都堵死了。不下雨还好，如果下雨，内涝是必然的。这时候，如何停车就成了最大的心病。昨晚一下雨，我就觉得要糟，可因为实在没有可以安全停车的地方，也只能心里着急却无可奈何。唯一能做的，就是在心里盼望雨不要下太大。可天公偏不作美，狂风暴雨一直折腾个不停，到天亮还没有消停的迹象。我无论如何再也坐不住了，只好下楼挪车。

洼地已经是一片汪洋，而且是浊黄浊黄的，水已淹到了车子发动机的底部。打开车门迈进驾驶室时，我甚至还将一片水带进了车里。说实话，这时候挪动汽车并不是明智的选择，一旦发动机因进水而熄火，后果不堪设想。可气象警报说未来两三个小时内还会有强降雨，预警级别是红色！如果预报准确，这里的积水还会上涨，到时候只怕想挪也挪不了了。

下雨之前的几天，天气一直闷热，地表温度接近四十五摄氏度。这种情况，不管如何补水，不停冒出的汗总让人有虚脱的感觉。长这么大，对天气感到如此不适应，于我似乎还是头一回。当热得受不了的时候，我就会胡思乱想，想自己是不是因为在城市里待得太久了，从而丧失了原本宝贵的免疫力；想自己是不是因为工作压力过大，才觉得周围的环境一直跟自己过不去。不过想归想，天该热还是那么热，该下雨还是下雨，根本没有任何商量的余地。

我原本并不记恨夏天，就如我从来就没有喜欢过冬天一样。我一直不愿意相信人裹在厚厚的衣服里能给自己带来安全感这种鬼话，所以，即便冬天有雪，有银装素裹或者千里冰封，我依然不会对天寒地冻产生爱意。相比而言，我更愿意直观、自然地站在大地面前，如果可以，我甚至愿意光着膀子在自己的世界里游荡，享受没有负担、没有累赘的轻松。

可这个夏天确实热得够呛，热得使什么都火急火燎，让人烦躁，也让各种事物都以最快的速度疯长，包括河水、庄稼、草木，也包括细菌、病毒。但它也让人明白，不管你是男是女，是贫穷还是富有，要承受的东西并无分别，在真实的大自然面前，任何掩饰，都没办法解除你所面临的困境，都不可能让你活得比别人更加有底气。

我常想，这也许才是真正的人生。包裹着日子的阴阴晴晴，伴随高温、骤雨，还时不时地夹杂电闪雷鸣。而且这个时候，马路上一定还有人，他们披着雨衣或举着雨伞，蹚过纷飞四溅的水花，为生活、为周围的草木摆弄出各种不同的情调，或如歌如泣，或令人烦恼。

只不过到头来我们终将要面对现实，就如眼前这场暴雨，从昨天夜里九点开始，一直下到现在。在漆黑里，我除了看见远处扯得不可开交的闪电，就是看着雨水像水帘一样地流泻在我的窗上。就算关了灯，它们流动的声音还是不绝于耳，像千万只小虫子爬在你的肌肤上，让你即使很困了，也无论如何合不上眼。

合不上眼的时候生命会不知不觉地给自己心理暗示，提醒着自己在这漆黑里能做点什么，又能忘记什么。如果你不想为某事纠结，你必须想方设法将这件事彻底从灵魂中剥离出去……

我是在后半夜睡着的，虽然不是很沉的那种，但确实已进入了睡眠状态。那时候我不再关心地球，也不再关心人类，甚至不再关心我的车子。

天亮的时候，雨还是不停。我只好面对现实，拿了把伞，趿了双拖鞋，脸也没洗就去看车。

到洼地的时候，我吸了一口冷气，一片黄水已完全将我的车子包围。同在包围圈里的还有大大小小十几辆车，想必它们的主人也和我拥有相同的心境，只不过他们可能比我大气，还没有开始为车子的前景劳神费心。

蹚着黄水围着车子转了一圈，我心里感到稍许宽慰，虽然车头已经有一半扎进水里，但发动机离水面还有点距离，最幸运的是排气管没有进水。

雨还在下。我决定启动汽车，把它开到离水远一些的地方。

我是提着鞋进入驾驶室的，当发动机点着火的时候，我知道我正在冒险。挂挡、松手刹、起步，每一步我都做得很小心仔细。车子也很听话，缓缓地挪窝，离开水潭，越抬越高，最后上了车道。

安全了，我长舒了一口气。

开着车在小区周边没水的地方转了几圈，却没有找到任何可供停车的地方，最后，只能把车停在了离家近一公里的马路上。

回到家没过多久，雨从原来的大雨转成暴雨。这时候我在房子里除了听到雨声，还听到楼下不停地有人在大声嚷嚷，夹杂着很大的机器轰鸣声。我透过窗户往外看，看到洼地旁有一辆吊车正在往外面吊小车，我原来停车的地方已经变成了真正的汪洋。

水 殇

这个夏天,风奔跑的速度明显比时间快。从东部沿海到茶马古道,似乎只用了不到一袋烟的工夫。

暴雨是磨砺过的长矛,所到之处,摧枯拉朽。三天五天,就让广袤的南方沦陷,变成水火两重天。

江河水不仅盘踞在洼地,也掠夺了高地。河坝溃堤,城区内涝,龙卷风不请自到……一件件灾情警报像火苗一样燃烧起来,释放出从未有过的焦躁,它们所带来的难题,不只有车子被困、庄稼被淹、睡眠被惊扰,还有很多人失去了家园,很多生物死于非命,很多故事一经发生就经历着生离死别和步步惊心。

这次超强和大范围的降雨袭击南方,没有设定任何情节,没有司空见惯的粉墨登场,像定数,像涅槃中的轮回,招摇着厄尔尼诺的符咒,说到就到、不容讨巧。即使不是为了惊天动地,不是为了歇斯底里,却因为过于凄厉、过于火急火燎,留下了满目疮痍,留下了鸡飞狗跳,如渔村遇上海啸,如船舶搁浅在珊瑚礁。

赤日炎炎,煎熬的并非只有心跳,生命在熔炉中接受炙烤,每个人都无法体会抒情的曼妙;急雨滔滔,水势在四周肆无忌惮地筑巢,灾难在烟波浩渺中完成对环境的关照。山洪倾泻,遍地狼藉,被水火围困的世界,一切似乎都在溃逃,一切似乎都倾向于无依无靠。在山体垮塌、大潮咆哮的间隙，人们不仅看到有村庄地动山摇，有城市爬上树梢，也看到了在风和浪的关口，美丽瞬间消失，繁华葬身水底，老农们精心守候了几个月的瓜地浮满了尚未成熟的瓜的遗体。

现实比想象的要糟糕。断水、断电、断信号，出行受阻、上班迟到，学校还在水里泡。当生活中的各种符号与水光之灾连上，它所呈现出来的征兆自然带着悲凉的容貌，这时候，再平心静气的声音也不可能做出有条不紊的祈祷，最多只能尽量调教出一些不那么瘆人的鬼哭狼嚎。

这是一个特别不幸的夏天，这段日子有很多人要离开学校，有很多人要面临大考，有很多成熟正等待收获。水与火如此发飙，似乎要将这一切全都毁掉，它们造成的困扰，实在令人烦恼。

这些天，我基本不出门，也根本出不了远门。不便出门时我以为我可以做得了时间的主，可以心安理得地享受"躲进小楼成一统"的闲情逸致，但事实上并非如此。在这段时间里，除了对电视中的灾情略表关心，我唯一觉得有点意义的，就是在朋友圈里问候一下灾情，希望困境中的伙伴们不要急躁、不要灰心，一切总会过去的，很快就会雨过天晴。但说完之后，这些话连我自己都不太相信。

眼前的世界，依然有浪在舞蹈，有阳光在尖叫，虽然我们仁厚的怀抱可以让我们暂时逃离形容枯槁，并教会我们在岁月中清晰地读懂如何在水边停靠，但我们隔岸看到水光，即便千里迢迢，仍然会在我们的心里种上各种阴影，它们生生不息、百折不挠，正一天天吞噬我们渴望回味的春天里的桃之夭夭。

有一种声音，可以把它当作箴言，提醒自己我们很好。

有一把火炬，可以把它当作路标，沿着退水的痕迹，把家园找到。

有一种心地，可以把它当作护照，留下行踪与痕迹，告诉人们哪儿适合安放美好。

如果我们已经回过神来，请不要忽略天气预报，请留心每天的风雨往哪儿跑，留心我们可以在哪个日子将补天的秘籍找到，或乘坐挪亚方舟渡过这片泥沼，成功找到那个在我们梦中反复出现过的美丽小城堡。

但愿在水退了的时候，我们都能比现在生活得更好。

洪　灾

很早的早上，落叶和枯枝最终还是把车子给埋了。

除了与雨水有关的东西，这个时段，马路上的确一无所有。

连续的暴雨，沉重打击了夏天的城市，也给世界带来了许多困难，包括出行、生计，也包括相亲、结婚，甚至生养孩子。

最近的新闻，有很大一部分都直击水灾。城区的街道汇流成河，青葱的山体土崩瓦解，老旧的房屋命悬一线，坚实的马路布满风险，内涝、灾荒、鸡飞狗跳……似乎每一件事情都令人感觉揪心，而同样令人无法释怀的，是这样的日子尚不知还要持续多久。

这场雨在南方已经下了很长时间。因为长时间的雨水浸泡，世界似乎已变得十分脆弱，不仅生命所仰仗的环境变得十分糟糕，而且所有的生命都感觉到了自己的渺小。水世界的生活因为无依无靠，所以更像是一种考验耐力与耐心的煎熬。平日里从没设想过的情景剧一出出上演，那场面往日只有在大片里才能看到：一棵棵壮实的大树根本来不及作出反应，就被洪水无情冲倒；一间间民房还在睡梦中，就被硬生生埋掉；一片片成熟的庄稼地还没等来收割的喜悦，就彻底沦为巨浪签署的白条……水的世界如此肆意妄为，无论经历过多大的世面，谁都不敢说自己早已预料。

呼啸的狂风和轰隆的响雷喜欢为雨水加注热闹，在人间，任何风吹草动，都会引来风起云涌或灭顶之灾，就算大度从容，也抵挡不住死生急急匆匆。就如昨晚，我刚刚开始追梦，就被一阵一阵的警笛声吵醒，就被楼上楼下奔跑的脚步声吓得不敢吱声。

很显然，洪水是在人们不注意的时候摸进来的，并且很快就占领了厅堂，爬上了房梁，当人们回过神的时候，直接面对的已经是浩浩荡荡。

在接下来的时间里，挣扎成为一种绝望，而瞬间的寂静更像面临死亡。那些能动的，不能动的东西即使仓皇，似乎也逃不出魔掌，而仿佛被某一种魔力定住，从此再也不可能复苏，比如庄稼，比如马路，比如人们辛苦种下的葫芦……

眼前到处是水路。人们出行受阻是必然的，一切的一切好像还没有设计就已滋生，而且不知如何铲除。它们很快推陈出新，最后定格成生命的饥肠辘辘和不知如何评估的夏日的城府。

生计之于人们，成为必须要解决的头等大事，所以，一些人在路上疲于奔命地奔跑，一些人在四处打听亲人的讯息，而那些往日靠留住客人发财的商户，则努力将店门加固，那些驻守在大桥和河堤上的军人，为了抢险，一次次地将水陆两栖的本领展示得淋漓尽致。

船开进小区，让人惊奇，但并不欣喜；在楼顶上接力，虽然满是创意，但并非奇迹。当人们不得不以方便面和矿泉水维持生计，再伟大的努力只能说明在大自然的灾害面前，我们多么弱小。

也许，眼前的艰难困苦只是暂时的，不过这些日子，当我什么都缺，什么都无力解决的时候，我忽然想明白了许多道理，比如什么是人生最伟大的成就，什么是人生最真实的富有。

是健康，是活好！

这是亲身经历灾难之后我终于明白的道理。这一生不管我们拥有多么非凡的智慧，如果不能真正读懂灾难这本教科书，我们永远只是爬行生物。

生活的印迹

水是两天前退去的。

水退去的时候，路上、街上，满是泥泞。

这是七月里南方经常能看到的光景。虽说雨季似乎已经过去，但它留下的高温、湿热，还是给土地带来许多更严重的伤害，比如板结，比如酷热难耐，或者张牙舞爪的尘烟和灰霾。

因为迅速老去，那些曾经为湖水增添光彩的荷花变成了莲子，那些亭亭如盖的荷叶也逐渐丧失流光溢彩而变得埋汰。它们从浅深不一的颜色中扯出一些裂痕，断断续续地陈列在沧桑十足的道路两边。

因为燥热，路上明显少了行人，他们留出来的空白被蝉的声音填补，不仅热闹，还特别烦躁。每当蝉声响起的时候，灼热是一种流动的疤痕，它们使劲地贴着地面呻吟，很像是一种魔咒，来自远方，通向远方，一往无前、不止不休，根本无法消停。

而这个时候，在地里，庄稼正赶上收获。它们的叶子发黄，它们的果实饱满，它们变得更加渴望有人来破开自己的胸膛。

我和母亲一起在地里收拾玉米棒子。熟透的玉米棒子盈实、沉甸，露出透明的澄黄和珍珠一样的光亮，它们和阳光一起筑成生活的墙，虽然暂时挡住了日子的馨香，却让非常辛苦的营生有了方向，有了义无反顾的胆量。

这个季节，到地里采剥玉米棒子的人无数。他们和我一样兢兢业业地赶着生活的场，头戴着很重的遮阳帽，身上裹着厚厚的布衣，任由汗水在身上、脸上湿了又干，干了又湿，也不愿将自己变为一个四体不勤的人，让别人觉得自己辱没了土地。

岁月是一条大河，有时流着流着，突然会分出不同的方向，像不同的人走向不同的人生轨迹。记得小的时候，几乎所有的夏天我都是和父母在田地里度过的。父母教我种地，教我耘秧，还教我如何跟土地交流感情……很多时候，我觉得他们热爱土地尤甚于热爱我，但他们的理由我无法反驳：土地生我们，养我们，没有了土地，或不种不收，我们连死都没有葬身之地！天下其实没有那么多的公理，生活就是没日没夜、周而复始、咬牙坚持。

也许就是从那时候开始，我成了一个土地情结很深的人。关于干活的很多本领，比如犁地、耙田，扯秧、栽苗，也都是那段时间学会的，而且此后一直成为我谋生的武器。

现在，除了庄稼（主要是玉米和黄豆），我还在地里种了些梨和枣，还有一些山野的葡萄。卖不了几个钱，主要是为了生计，偶尔也希望能达成桃花源中"不知有汉，无论魏晋"的默契。

也许生活就是这样，生命给了我们存在的根基，在不同的环境里，拥有不同的成长经历，就是我们学习、生活、努力的前提。选择什么样的方向，可能就会有与选择方向一致的结局。

就如我的孩子，因为不曾经历过我曾经历的苦，所以每一天将自己打扮成一个快乐的小天使。当她穿着漂亮的衣服在镜子里显摆的时候，她总是怀疑镜子里的人不是自己。她从来没有用手洗过一件衣服，也极少了解春夏秋冬的鲜花有何不同，偶尔跟我到乡下，看到萤火虫，看到满地的瓜果，除了高兴地大呼小叫，似乎也没有长时间在乡下生活的冲动。

有一天，在院子里的葡萄架下，我跟她一起切一个极大的西瓜，当听到西瓜突然的爆裂声，她直接吓哭了，问我："西瓜是不是很疼？"

我非常愕然，当然也不知如何回答，但隐约觉得，很多事情我不应大惊小怪，包括她的脆弱和敏感，她的喜好，她对待事物的态度和反应，毕竟时代和环境都变了，她生活的社会，与我当初的已经完全不同。

七月休假，我照例回老家。这回不再带孩子，她愿意留在城里。既然她适应了城市里快节奏的生活，就让她在那样的节奏里学习成长好了。

故乡依旧，田原的风光依旧。

我和年迈的母亲继续在地里干活儿。我们拉家常的时候自然聊到我女儿。不同的三代人，用这样一种特别的方式联系、切割，又联系，又切割。我母亲觉得这是幸福，而我呢，觉得这就是生活：形成于这片土地，触角延伸到各个角落，自己延续，平常也简单，就像庄稼生长，岁岁年年、周而复始！

台风季

雷声响起时，台风已经很近了。

进入八月以后，雷暴天气经常跟台风纠缠在一起，让气候多变得似乎已没道理可讲。热浪席卷，高温高压逼人，旱涝无常，南方北方时序失调，就连白天和夜晚也仿佛没有了明显的界限和征兆！

闷热的持续不断，形成了对人们生活内容的无情挤压，许多人因此放弃了有章法的生活，由原先的从容、悠闲转变为被动、放纵，一些与水或清凉有关的梦重新被提及，而且很快成为新宠。

一时之间，人们竟不再害怕海和台风，虽然听说了台风要来，海滩上还是挤满了人，他们的装扮并不生动，但当热风和热浪一波一波地吹向林丛，吹向城市的天空，他们却义无反顾地流连在风口浪尖，仿佛鱼群聚集在海湾，急切地盼望成为别样的风景。

风声、涛声、尖叫声，由此被集中释放出来，它们喧闹、凌乱，又疯狂至极，无处不在，也无所不能地将沙滩和海湾布置成了纷纷扰扰的陈列馆，让人觉得人世间的事情永远都无法看得清、道得明。

这时候，以往干净祥和的沙滩突然门洞大开，而且不再由谁掌控，它快速地吞下所有从四面八方奔袭而来的人流和车流，并且以最不可思议的方式筑起一个迷乱的时空。在这里，人们穿着沙滩裤或泳衣，戴着墨镜、遮阳帽，肆无忌惮地争抢着靠水的地盘，每个人都把自己打扮成这个领地上的主人，而且脸上不带任何迟疑。他们毫不在意台风即将来袭，也不愿意相信摧枯拉朽的信息，仿佛一旦离去，就会落入别人精心设计的骗局，成为他人讥笑的话题。

但台风来袭的黄色信号球已经升起，甚至空气中还闻到了来自海洋深处的杀气，远处的海浪开始接续稠密的雨，风越来越紧，脚下的泥沙好像也开始剥离，景区管理员的叫喊声越来越歇斯底里。可是，浅水里和沙滩上并没有人撤离，相反，因为风大浪大似乎还激活了他们的勇气，他们越聚越多，而且完全没有顾虑，仿佛已经彻底沉迷，除了尖叫、呼喊，剩下的只有张开的身体和狂叫之后的惬意。

而与此形成鲜明对比的是港口。在那里，船被编成一队队蚂蚁，用缆绳固定在一起，主要是为了躲避浪高风急，或者颠沛流离。它们身上裹着黏性很强的水汽，似乎已经嗅到了死亡的讯息。而远方的海浪似乎刚刚出动，就带起了万千潮汐，并很快将海面围堵得毫无缝隙。

云越来越低，港口显得无法呼吸。一群鸥鸟急来急去，尖叫不已，敢情是预见了诡异，所以内心着急。就连原本开阔的锚地，这时候也变得极度拥挤，甚至连水留下的一些痕迹也全都被不知从何处漂来的垃圾填满，不再有任何腾挪的余地。

很快，风越来越急，浪越来越尖利。沙滩翻滚起来，码头和船舶的碰撞声此起彼伏,巨浪如山脊,裹挟着泰山压顶之势,震耳欲聋的声音令人恐惧。

直到这一刻,人们才如临大敌,开始四下逃窜。原来自以为可以闲庭信步的都不再矜持,他们扔掉脸上的面具,还原成沙滩上的蝼蚁。

接下来,海边开始上演恐怖大戏。惊慌失措与落荒而逃随处可见,惶惶不可终日的画面触目惊心,所有原来自以为强悍的生灵都不敢再叫嚣自己波澜不惊。

这是八月,人与台风共同上演的一出戏。戏里,季节很守时,人们对天气的预报也很及时,唯独对极端天气带来的杀气估计不足。在美丽而繁荣的表象世界里,保留着许多常人无法揭示的秘密,不管天气的闷热与漂洋越海的风有没有必然联系,它们摧枯拉朽的气势丝毫不能怀疑,人们瞳孔中出现的各种惊悚,也最终证实,誓言再华丽,也扛不住狂风骤雨敲击。

好在这一波台风很快有了去意,它们留下的行踪,像花逐渐褪去残红。远山和近水,那些很庄重的古风在陨落之后,成为日子的另一种恩宠,显露出刻骨铭心的迷蒙。

浪撤离了前线,沙滩上,又开始有脚印依稀可辨。

螺号似乎也是在傍晚时开始响起,那时候,海正在天的尽头努力回头,风开始安静地通过各个路口,夜色的温柔,似乎很值得每一颗星星去守候。

秋天的精神

雾,黄昏,躲在远处的青山。

苍茫的林莽,游走在陌生土地上的那些花花草草和希望。

圣人或平头百姓,他们穿一样的衣服,住一样的房子,吃一样的粮食,用一样古老的力气和精神,劳作、生活、养儿育女。

悠远的天路,指向非此即彼。天堂似乎永远遥不可及。冰山上即使每年都有雪莲开放,那也绝非为了养眼。人们看见山高水长、天圆地方,只能证实落地生根既是本能,也是渴望。

天台上的夜露,是秋天孕育的玫瑰,晶莹的像翡翠,火红的像山鬼。秋风送爽的时候,它们的光辉会让人想起芳菲,想起草色青青,以及阳光抚慰过的各种心怀。就如徐徐春风带来花开的声音、冰雪融化的情境。

氤氲的气色宛如琥珀,引导江山入画,云归海天。它们刺绣出的星与火,暮色与赤霞,都纠结在波光水影中,安静地辞旧迎新,和平地开进天边,开进那流光闪烁的伏羲八卦里。

阴晴杳无行踪。永葆的青春如梦醒来，为美丽的河山笑逐颜开。

白天没有想象的白，黑夜没有想象的黑。在五光十色的空间里，流线型将世界雕琢成风风火火的表情，它们骨架中的点和面非常细心，在努力将城市与农村合围，然后点上一盏盏灯火，让它们燃烧在黑白分界的地方，为了高贵，也为了纯粹。

清风明月并不在故乡，但那里水的清纯与火的温润彼此胶着，也能生化出高品质的洁身自好，它们把美丽涂抹成南方的靓丽与北方的妩媚，并葆有护肤霜般的润泽、光亮，遗留丰衣足食的体香。

道体自然，季节把生命的生动与存在的荣耀悄悄点亮。让一只鹰在蓝天刻画飞翔，让一只企鹅在冰上了却心愿，让一群牛羊生活在草场……草地的宽广与高原的狂放都幽藏不死的灵魂。它们的歌声贴着大地，连通世界与光阴。它们的能量源源不断，除了温暖自身，也福惠乾坤。

山谷中的云烟来自英雄故里。它们清晰地生生灭灭，很像人间的歌圩——吟诵爱情、吟诵花季总是一往情深。它们陪伴溪流在款款流动中跳过山崖，迂回到山涧，并将一路的野花和翠竹修剪出世外桃源的清幽，最后镌刻成"山重水复疑无路，柳暗花明又一村"的醒目。

作响的竹叶，叮叮的泉声，黎明时的风吹草动，黄昏时的万紫千红，全都汇入何去何从。世界用最古老的风度成就了最崭新的生活。

此情此景，或许该有人放歌，或许该有前途需要引路，但那都不关秋天的事了。岁月和风月将秋天的精神留在这里，它们的使命，就是送走曾经，并迎来锦绣前程。

秋 水

秋水指向远方，岁月在落叶萧萧中完成轮回。

秋水的颜色，比天还蓝。它用一种若隐若现的光芒投向海洋，升起月明星稀和蓝月亮。因而出现在我眼前的碧波荡漾像一幅仙女下凡图，她们沐浴的辉光，涌动着寒烟点点的情愫，似流苏，也像酸楚。

深秋季节，水安静得没有一点杂音，就如同天色，没有一丝私心杂念。九月我登天门时曾遇到过高山的冷，那么野性和刚毅。树木从石头缝中长出来，它们修成的铜头铁臂也都质地细腻，有着一种不服输的个性。

水生在所有为爱缠绵的青山脚下。它们幻化出的青春，美丽如兰花，俊俏、庄严，同时又包裹着出水芙蓉的瑰丽，俨然生命中总是幸运地遇见慈悲的观音菩萨。

蔚蓝的天空来了又走，它的足迹就是天涯。我家门前的玉兰好像很多年前就休了产假，她的孩子现在已经开花。

人烟悬停在山谷，映衬出山峦的翠黛。细水流经小桥人家，轻灵似锦上添花。风裹藏岁岁年年的恩怨走进万户千家，行踪诡秘，像江湖游侠。只有干净的月光如丝如缕，把一带温婉的河水带成虹，带成彩云和轻梦，让它们盘旋在人间，抑或天堂。

石头刚刚被风雨洗刷，坚挺着硬朗的曲线；水草刚刚修剪过长发，它们光鲜亮丽，同时对自己的形体无比满意。

鱼，终于回到水底，它们在水流中找到了熟悉的自己。水波在它们到来时没有创造任何玄机，仅靠胎记就让它们爱上了故里。

风，一直活跃在水面。它们从水面掠过时，带着儿时的向往。一些花和一些落叶追随水流的方向远去，不是流浪，也不是回望。

田野是一片短暂的记忆，它露出土地厚实的黄，并在白光下散发金质的芬芳。一头耕牛驮着几只八哥从田垄上走过，带起一些尘烟，悠闲如锦瑟华年。

存在让生命如歌，风景让世界平和。眼前的空无，是天地合一，山水相续；远处的秀丽，清澈如玉，坦荡如砥。

并无欢歌，也无笑语，黑与白曲线分明，像黄昏停留在爱晚亭，像岁月波澜不惊，人们住在水的这头，可以看到水的那头。

远远近近，是贴得很近的心境，如同硬币正反的两张面容，它们融化在同一个时空；高和低视线不明，如同纸张上的粉底。春天时开过的花都垒成了果实，纷飞的蝴蝶也全都变成了谜。

同样迷离的是流落天涯的草，它们终于不再犹豫，它们追逐风的方向倒下，形成烈士的阵形。树下的空间无比空旷，它们腾出的地方每天都有生命在游荡。气旋从离水很近的地方刮过，顺起的寒凉，带着侠骨柔肠。

天刚亮的时候,我从秋水旁边路过,不小心惊动了鱼儿的轻梦,它们四散躲藏,那化开的波纹细碎,却热闹如十里洋场。

在秋天的田野上

金秋十月，原野上稻穗金黄。

干净的风和饱满的阳光用无法阻滞的气势闪亮登场。它们的亮相健康、憨厚，像一群邻居、街坊，平常、和气，自然如故地走在秋天着床的地方。

岁月的轻重，宛如亲人们常唠的家常。收成镌刻了它水到渠成的灵动，它的表皮勾嵌土质的银黄，它的内里，是酿造许久的回香。

云不在天上，撑起天空辽远的是风的流量。云淡风轻中，晨阳或晚霞莅临，精准得像时钟，它们越过山岭，穿过草地或丛林，带来山色空蒙，也带来写意的鸣虫。

没有恼人的秋风。喜鹊登临枝头，它的清唱仿佛天籁，内敛中包含十足的气场；蜻蜓爱上回望，它们在飞翔时结识了故乡，并生生世世迷恋这里金黄色的海浪。

牛群从无到有，它们排成一条长蛇阵，勾勒出路的轮廓。站在牛群身后的牧童，手持一把弹弓，不停地将心愿射进苍穹。他头顶上戴着的巨型草帽，很像一个屋子，非常严实地为他遮蔽来自天顶的阳光。他的无忧无虑，像一条小溪，流出村庄，流进起伏的稻浪，然后开成一道道唯美的曲线，缠绕秋天，缠绕他手中握着的童年。一条三尺长的大黄狗跳跃在他跟前，信誓旦旦地追逐他牵引而来的岁月，也偷走他被怨恨收留过的那些云烟。

庄稼很重，像怀胎欲生；大地很丰满，像青春被爱浇灌。昔日温润的黄土忽然豪迈，它们庄重地流泻唇红齿白，看着日子古往今来，看着小溪风光不再，任凭风中弥漫纯正的稻香。一片池塘里养着的芦苇荡也开始结网，像水手远航之后想念家乡。

田野之上，能盘活颜色的只有树，它们或点或面地存活在田野和村庄中间，建立起一个个色彩各异的小魔方。它们停留的地方，总有飞鸟翱翔，除了显示天高地广，剩下的就是指引方向，象征人间和天堂。

在秋天的田野上，我刚刚学会挥舞镰刀。每年的这个时候，我都跟在父母身后，采摘辛苦之后得到的幸福与秋黄。

一队雁从北国飞向南天，它们似乎也在寻找那片属于自己的希望。

我看到的秋天

青草、绿地，一片并不辽阔的天空。

山重重，水也重重，光阴转入另一种时空。所有附着在毛发上的记忆都被认真地植入空洞，让一些青春活在过去，让一些岁月失去往昔。

开花的树没有离开秋天，它们在湖水的秋波里度过了幸福的晚年。落叶的丛林没有停止过笃定，它们古老的眺望一直存活在人世间。一段誓言，仅仅因为日出日落，就结成了厚厚的茧。

倚靠在西天的山崖，不知何时落下了经年的雪花，那幅贴满六角星星的彩画一直在天边悬挂。月亮爬升的声音虽安静，也注满了水声，像夜莺与流萤用轻吟保持内心的平静。秋天不用触摸，就顺着时光渗入各种肢体和魂魄。

风，永生于海上。那里没有游人出没。偶然路过的海船似乎并不知晓风因何而来。晴天碧海，浪花盛开，每一朵都暗藏奔放，每一片都深埋情怀。而那些生长在池塘里的睡莲却早已不知去向，它们把一种空荡的愿望遗留在九曲回廊，让它们独自感受洄游的星光。

天空无瑕，像一朵写意的兰花。一只小小的蜻蜓把自己挂在悬崖上，努力为即将到来的季节攀爬。遥远的北国，寒潮把一些不为人知的八卦出卖给了收藏家，让他们成功地富甲天下。

水街和廊下，秋天撑起一片空地，那里一直是苦楝树的家，它细碎的落叶堆成一种假象，纷繁复杂，也狰狞如罗刹，培育出无数甘苦共生的童话。

云永无止境，它们大朵大朵地靠在海上。船把它们挤压成各种形态，有的像盆栽，有的像未来。海岸线腾挪闪躲，终于形成各种气派，流泻出阳光飞扬万里的心怀。

深沉的似乎只有海水，它伟岸而且明亮，就像苍穹里燃着的希望。风驰骋于所有的疆场，体能完全无须储备，力道只是顺手拈来。

金色，使天色无比高贵；湛蓝，使碧浪尽显辉煌。一些水草经过了夏天感情的培养，终于收获了自己性格中的刚强。

这是秋天，也是祝愿，很多树都结满了因缘，人们看见过的蓝天，也始终映照着诗画的弧线。在画面里，遥远的不是视线，沉睡的不是时间。生命并非离弦的箭，人们为即将到来的冬天准备好了各种甜点。

流连，是时间在缠绵；火焰，是成熟绽放笑颜。没有世界离别人间，秋色用一种司空见惯的脚步访问岁月流年，我在活着的阳光里洗刷风尘仆仆的脸，看今天变成昨天。

也许这并不是一个古老故事的结局，但在夕阳和风里，我看到的秋天，天上人间，岁岁年年。

重 阳

岁月如此弱不禁风。风吹过山峦时，满山的枫叶竟然全都红了。

云是天地萌生的一种意念，发源于水体，容身于蓝天，一丝一缕，稀薄、烂漫，仿佛远在天外，又仿佛伸手可摘，很像可遇不可求的缘。它们真切、透明，很容易让人想起夏天的蝉鸣。

美丽的时空，万物最为从容。所有坚硬的石头与刚劲的树杈都应景而生，它们用最精致的底色涂抹秋天，涂抹生命中的霓虹，让刚性修辞成风尚，让柔性流动如羽毛。天光云影如同岁月的行踪，写着流年的交相辉映，写着粉黛的气势恢宏，而那些来自天堂的风则携带着浓淡不一的心动，越过草丛，留下记忆和不知疲倦的林林总总。

视线心随影动。它们努力分娩出许多画面，凹凸不平，琳琅满目，浓浓淡淡，曲曲直直，全都装饰着流线型的生动，以千奇百怪的姿态罗列在路的周围和田野上空。

东风浩荡，带着传神，也带着惬意，很细腻，也很缠绵。它们孵化出各式各样的涟漪，或漂浮在水面，或盘旋在山谷，轻盈，而且神情自若，仿佛声音生于天地，湮灭于天地，无间、无拘地经过，留下脚印，留下背影，淡淡地来，浅浅地去，精致而且有序，让人好奇，也让人充满敬意。

按时间算，秋天已经很深了，饱满让秋天特别润泽，就像秋天让所有的路都续上了前途。它们穿越山岭，穿越人烟，也穿越浓浓的暮霭与朝露。正因如此，在人们绵长的记忆里，那些游荡在空气里的成熟的果蔬，总是以它们香甜、芬芳的味道让人渴望，让人无处可逃。

炊烟与人家，是这个季节里最感人的画面。它们接近水边，莅临蓝天，时常会给人带来惊艳，像错觉，也仿佛是在天上而不是在人间；而当它们接续了眼前的光线，一切又都变成了无限，仅凭与天地合成的简洁曲线，就让世界闪耀出金黄色的光芒来，让微凉的雾霭呈现出斗转星移的情怀。

山，显得特别舒缓，而且一般都不高，但却清晰地透着金属似的纯粹。每一寸草木，每一块石头，都有很好的成色，像想象中淬过火的金条。

水，显得特别明亮，而且非常适合远眺。在水的光影里你看到的既有流年时光，也有青春年少。

这个时候，天会很蓝，它们不仅纯粹，而且努力锻造出一些明亮的光环，摆放在任何思想可以到达的缝隙间，让生命练习钻研，练习爬行，甚至练习飞翔。

青涩的记忆已经很少了，它们大都已被时间的浮尘捎走。与它们一同消失的，似乎还有雨、湿滑的路和梦幻的彩虹，它们同吸附在花和草的脉络上的时光一样，认真经历过自己的道路，而且留下了依稀可辨的足印。

山的跟前，生命确实如同云烟。

从高处往低处看，在只有树，没有路的地方，很多落叶已将大地铺成了厚厚的床。

在重阳节，人们一般不喜欢火。一些光亮不知从何而来，又将到何处去，它们越过头顶，越过天际，然后消失在遥远的黑暗里。不变的故事，不变的真诚，但却并未永恒地获得人们的信任。

可能，世界依旧奢华，但愿在一阵秋风之后，所有寂寞的落叶都能成功地回到自己曾经成长的故乡。

雾里的秋天

江南下着雨。

所有的事物都迷失在秋风里。

一些变迁仿若没有变迁，它们如从前，也如明天，在云雾的怀抱里缠绵，在岁月的歌谣中移情别恋。

江面向来盛产秋风。它们狂放，不安分，甚至有些粗野，生于水里，长于岸上，锁着冷冷的秋色。

时光非常顽强，召之不来，挥之不去，像沉重的锚，死死地泊靠在云山雾海里，仿佛一旦出走，就会永远失去往日的温柔。

雾，如影随形。它们的存在使船显得特别多余。生命永远像别离，时常被截留在岸边，纵然有千万般不愿，也只能在江上看漩涡游来游去。

天空很冷，冷得与大地保持久远的距离。寒潮穿越树林，带起一些回忆，成色与档次很低，似乎只想抵近每一寸土地。世界充满忧郁，而且不再对流逝拥有好奇。在天宇的四周，一些草开始老去，一些花开始魂不附体，一些树好不容易保住了体力，但它们靠的也只是运气，而不是真正的活成自己。

烟雾缭绕，四周看不见人影。此岸与彼岸的距离，不是遥远，也不是死心塌地，而是别去经年。每当工地传来哐当、哐当的声响，那种焦急，那种压抑，让人感到的也不是压力，不是排挤，而是身不由己。

远处的山、远处的楼均被捂在云雾里。它们露出的半边脸或半截腰身，像流传已久的记忆：没有一种颜色分辨得清，没有一丝情谊值得庆幸，不会因为古色古香被人靠近，不会因为怀才不遇令人叹息。一丝烤肉的味道从远方传过来，带着浓浓的焦味，像荒年时的饥不择食，也像油烟机的滑腻，而且一辈子无法与命运剥离。

没有阳光，也看不见灯火，所以无法断定确切的时间。屋檐下偶尔有雨滴落的声音，清冷、沉重，带着自然的随性，也带着丛林的安宁，像渐行渐远的孤帆远影。

天地非常安静，也根本找不到鸟鸣。岁月的行踪如钟、如鼎，没有太多的痕迹，也没有留下任何有名分的价值，它们走时甚至没有想过要拍照留影，所以也不在意哪一天会彻底消失。

因为沉寂，所以视线和路显得特别短促，似乎刚刚开始就已结束。即使偶然有一些延伸的机遇，也都被秋天的气色挡住了，非常纠结，很想离开，但也不甘心自暴自弃。

晴，或者雨？没有讯息。

曾经，我一直喜欢离家不远的一片池塘，喜欢那里不经意开放的荷花，但自从那里挖出了藕，我就再也不愿意到那里行走。泥泞也许是最重要的理由。

关于秋天，我并不担心风雨。就像雾，即便长成记忆，也还是逃不脱季节的身体。我观测这个世界，从来没有忽略过任何诚意，尽管知道它隐含秘密，比如，它为何来？为何去？为何幸福？为何孤寂？可我并不在意它的境遇，我唯一关心的，是真实——雾里的秋天，如此丰盈，是谁填写了它百转千回的诗句。

可能正因为这个缘故，这段时间我突然迷恋起雨季来，不断地想起雨季时的自己：想着撑伞的闲适，想着雨巷的幽曲，甚至想着在自家阳台上晾晒的甜蜜，希望它们真的能带给我"面朝大海，春暖花开"的诗意。不过，我很失败，我的坚守并没有迎来雾散云开。

这个秋天，雾注定要在我的世界中触底。

中 秋

月亮是刚刚从云层里钻出来的。

那些云层看来同样来自东方,它们拥有漂亮的纹饰和薄雾轻纱般的灵气。它们怡然而且安详,似乎生命中并没有锁住光芒的理想,只需要一份自在,便能够在饱和、清新的明月下方搭建出台阶,助明月一步步实现登天的心愿。

所有的亮光似乎都来源于天堂,而明月则成全了这饱满的气场——星月高悬,流光如练,万家团圆,人间善良的愿望都如约成熟,并被印染成芳菲一片。

群山永远是那份缘,它们簇拥着一种深色的灿烂透迤在天边,映照出四野茫茫和天际苍苍。也许是因为月光,也或许是因为弥望,它们都变得异常流畅,充满着合围远方的渴望。

在山的肩上,一些轻烟盘成廊桥,绕着林莽,连通雾中的光芒,节奏徜徜徉徉,不急不缓,有着云的格调,也有着琉璃的曼妙。

与轻烟一起缥缈的,还有鲜花与绿草,它们不约而同,都享受过露水的恩宠,所以透露出娇嫩的光泽和质地的放松,那种细腻的从容特别拉风,让人想起梦或带雨的晚虹。

明月之下,江水朝东。

此时,夜色渐浓,远方没有风浪与时间生死与共,那些微微泛着的波光，远离空蒙，用一条细长的披风，围起去意和行踪，慢慢停靠天涯或者刚刚成形的月光之城。

风由时间掌控，梦如同各式各样的天空，有的穿越桥洞，有的任江水摆弄，白亮的愈加白亮，浓烈的愈加浓烈，稍微有点凌乱的，也是坦坦荡荡，带着蓝天和流水的清凉。

这样的时空，每一刻钟，似乎都能沏出茶香酒浓，任何一朵美丽的笑容，都如沐春风。

路上的灯笼，街头的霓虹，林林总总，它们像刚刚苏醒的龙，为了梦，努力将生命舞动，流连成不灭的山风。

赏心悦目，尽在画中。八仙桌上，有陈年的佳酿，也有诱人的果香；湖边岸上，城堡是另一个天堂，倒映在孩子们的烛光里，让故事圆圆满满。

没有人独醉，也没有人刻意读懂是非。时间之锤在天上飞，空间之垒在地面跟随，早到的声音与迟到的生命都非常享受一种情境，不去拷问何去何从，也不去思索谁能与共，起起落落都交由那片复古的存在。

月儿好圆，像永恒的起点和终点。

不算路途邈远，也不计较千里迢迢，任何深情的观照，都会结局良好。

安静的月光，安静的企图，即使有些妖娆，还算是和和美美的歌谣。

秋 雨

一夜的秋雨滴答。清晨起来，寒雨连江的画面便随处可见。

气温也仿佛在一夜之间被从树顶上拍了下来，突然低了很多。寒凉让秋风的行头里突然冒出萧瑟与潮湿，将周围的一切粉饰成情非得已，叫人的心情也仿佛跌进了谷底。尽管时序仅仅只是过了寒露，人们能记住的，似乎也只是这一场秋雨，但它断断续续的来袭还是很轻易地就淋湿了一个人的记忆。

在我的印象中，自从有了秋雨，我的世界就一直是湿漉漉的，包括马路、房屋、耐寒的树、细细碎碎的花草……

时间的流逝似乎也经不住捉摸，因为伴随时间流逝的，依旧只有人们日复一日的忙碌。虽然谈不上生与死的考验，但也容易摩擦出各式各样的烦恼；虽然没有人愿意每天把心事挂在嘴边，但也没有人愿意因为自己的流连而让大街小巷显得人见人厌。如果不是出于生计和情非得已，在这不宜出行的雨天，人们也许会将自己隐藏在天空的后面，努力避开那些让自己感觉煎熬的度日如年。然而，生命和成长需要达成太多的所愿，需要承兑太多的诺言，倘若不亲力亲为，谁能为我们去实现？更何况我们即将面对的，还有更多无法预测的明天！所以，即使精疲力竭，即使困顿劳累，人们想到的依然不是变天，而是心甘情愿。甚至，有时候我们还会感谢上天，感谢上天带来秋天的多变，带来秋天和丰年，即使我们并不知道我们是否真的能看到那一天，但我们至少能感觉到我们已然在不情不愿中学会了随缘。

雨雾填充所有的视线。这个时候路成了我们的眼。它们将我们带出庭院，带上公交站点，然后送达生活的每一个弧圈或者落脚点。依着它们的指引，我们学习、工作，努力做好父亲、母亲，努力当好儿子、女儿。也许别的都可以忘记，唯独自己的身份和责任不能忘记。

正因为这样，雨天同样会有很多事情发生——或关乎鸡毛蒜皮，或关乎生命的轨迹，它们淋的是秋雨，却习惯性地长出生活锈迹斑斑的痕迹。

马路似乎也明白这个道理，它通常在这个时候也拥堵得严严密密。马路的拥堵证明着许多真实的细节，比如一个小女孩站在雨中哭泣，她刚刚弄丢了干净的自己；比如一个壮汉把拳头捶向自己，因为他一时没能忍住自己的暴脾气；车流和人流静静地驶离，并不能挤出天空与大地的距离……

在秋雨的包裹里，城市的生活变得越发清晰，比如我每天的努力，无非是学会注意——千万别弄丢自己，尤其别弄丢自己多年来一直努力收藏的各种熟悉、各种记忆，比如闹铃、作息、天气信息、出行日记、行走路上的安全提示……尽管我知道，这并不能改变眼前的坏天气，并无助于挽救我的生计，但它多少能让我保留平静的呼吸。

如果碰上雨情加剧，出不了门，有时我也会站在窗边，将自己与外面世界的焦虑隔离，比如马路上的积水、在水里浸泡的落叶、被风裹着走的标语、四处流浪的黄泥、人们无声的叹息、垂死挣扎的小蚂蚁……

我并不愿意脑海里时刻充斥着关于秋雨的信息，但眼前的秋雨，却如同真谛，以我从未见过的潮湿，悄无声息地占据着我脑海的每一片空地，并慢慢沉积，仿佛一块块无法挪移的墓地。它们高高隆起，阻挡着空气，也阻挡着人们的日常起居。

为了将憋屈驱离，我用空调除湿，拼命往身上添衣，我甚至还打开了电暖器，把电视的声音调低，我不忍心看镜子里的自己，我把现实生活过成了一出舞台剧。

这是一种无奈的封闭。在这无奈的封闭中，我不知道日期，我甚至不记得这些天自己是否接打过电话，是否被人提及，是否我终将被世界与时代剥离。

不大的秋雨，却非常执着、绵密。天地没有奇迹，就像我没有脾气。这几天，我没有正常的作息，也没有很好的补给，我唯一一次正儿八经的叹息，是因为我用一小锅白米，外加几小袋什锦玩意儿，让自己感觉并没有被生活抛弃，仅此而已。

无花、无果，也没有什么特别值得珍惜。这个秋天生产的所有记忆都平淡无奇。如果说必须总结一句，那就只能是雨。因为在雨里，闲着无聊的时候，我竟然想做点事，比如写一首诗，填一阕词什么的，哪怕心思如絮，依旧希望能容下半江依稀、半山桃李。

我以前是最不看好菊花的，可不知为何，当今天我忽然在楼道里看到那几朵不知被谁遗忘的菊花时，竟然想起了"满城尽带黄金甲"的诗句。

秋 阳

秋阳是在薄薄的晨雾中慢慢苏醒的。

刚刚苏醒的秋阳身上自带着一种浅黄的色调,这种色调让人感觉特别温暖。

也许正是这种温暖,世界在秋天的所有领域都赢得了尊重。那些澄亮的厚实被源源不断地输送而来,并实时地展露它们的气韵与生动,比如路上自由的风,田间地头壮硕的虫,菜园子里果蔬特有的浓香……

感觉只要入了秋,人们似乎也就习惯了感动。习惯于更自然地将身影或投向山间,或埋入林丛;习惯于将时间交给晨曦或夜空;习惯于将心绪一遍又一遍地放空,执着地盼望与等待天边的那一抹惊鸿……

秋阳许下的愿望也许有千种万种,无论负重,还是轻松,最不可能呈现的,就是不知所终。它们也许不用翻越季节架设的任何屏风,就能无限接近天地笃实而洁净的画风——即便不能与生命持久地你侬我侬,也至少能令人感觉纵然来也匆匆,去也匆匆,依然会留下令人怀念的情深义重!

落叶和果实极其稳重地落实在秋阳中,或满山遍野,或气势恢宏。它们富贵的颜色以及馥郁的气味一成不变,仿佛人们多年来一直追逐的幸福生活的梦;它们的志向不在天地,也不在荒冢,而在于胡同和小弄。它们极其写意地轻松飘洒在轮回之中，让人世间的境界特别像山峰，时而沟壑纵横，时而空空蒙蒙，即便有什么风吹草动，也依旧会来时如风，去时如梦……

因为总是呈现最纯粹的瞳孔，秋阳背景里的天空给人的感觉就像一口大钟，上面铭有鸟纹与鱼龙，时常发出悠远绵长的律动，仿佛谁的心弦被故事拨弄，潺潺流动，并慢慢地回旋成万物归宗；因为总是呈现气势恢宏，所有秋阳下生长的青松无一例外地都被收入了光亮铺设的深洞，它们养育的苍龙无论大小，都张扬舍我其谁的古风；就连浅浅的水中，也遗留秋天金碧辉煌的面容。

人们穿行在秋阳当中，成熟的稳重与飘逸的轻松时常会结成新的同盟，让人感觉世界就是一场秋梦，源头是彩虹，结局是腾空，温暖则来自里里外外不能言喻的惬意与灵动。即便不与水火兼容，不与空洞连通，所有浪迹天涯的荒冢都不会再出现破败的斗拱，人间点亮的只有清澈透明的霓虹。

秋阳截停在道上，身边的云是遗落的小花丛，它们或烂漫或放纵都如同先锋，也都无一例外地值得人们去推崇——用一心一意，举重若轻的曲风；用闲云野鹤，清者自清的口供。

秋阳与秋风相继认祖归宗，在洞察人世间的一切律动之后，只在流线型的山上留下一袭斗篷。

秋 叶

秋叶金黄。

这是一年中最让人感觉成熟稳重的时光。一地的落叶带着满满的希望游走在辉煌铺设的路上，跟着流线型的山坡或宽阔明亮的道路自在地流淌。它们或走或停，或起或落，没有流露丝毫寂寥的忧伤，反倒洋溢着一种怡然自得的酣畅。

蓝天的开阔同样超乎想象。那些云卷云舒、空明澄碧的意象根本不需要遐想，就非常高贵地涂满了宇宙周围的墙，让云天仿佛全都拥有了隐形的翅膀，可以毫不费劲地高飞在万物之上。天际的身形也分外亮堂，它们似有似无地观望，莅临苍茫，确实成就了天地的辽远与宽广，不仅使天高云淡的写真格外逼真，也使得秋高气爽的模样同样令人难忘。

因为天高，所以水长；因为经历过风霜，所以树林与草地一直有着血脉相连的理想。它们将骨肉般的关怀抬进故乡，并堆砌出大气磅礴的影像，无论在眼前，还是在天边，它们手相牵、心相连的画面总是特别张扬，而那些为红而红，为黄而黄，为漂亮而漂亮，为金碧辉煌而金碧辉煌的气场，自然分外地令人迷恋和神往。况且，它们之间衍生出来的默契应该不是三年两年就能酝酿，那种从骨子里发出的炽热的光芒由线到网，由高处到洼地，即使无圆无方、非柔非刚，也能不借助任何外部的力量就可以自由自在地流淌，呈现出一种让人说不出来的敞亮。

天地清清爽爽，因而树叶在飘飞或者降落的时候，很少有人会联想到死亡。它们的飘逸几乎融合了心灵中的一切词汇，那种奇妙而自带安静的神态和从容不迫的豪迈满满的都是锋芒，令人既渴望又无法模仿。而四周，风的纯净、水的流畅更让它们显得高贵、安详，不能忽视，只能仰望。那种情境延伸出来的舒适、安逸、甜蜜、温馨，同样风风光光，仿佛青春遇上了爱情和难忘的霞光。

秋叶所到之处，灿烂开放的永远是珠光宝气的顿挫抑扬。它们中间，既有天上流云般的豪爽，也有花草虫鱼似的柔弱与刚强。伟大的如地老天荒，细碎的如山石的坦荡，花骨朵儿的锋芒，以及狭小溪流间鱼虾们线条的流畅……

季节似乎也从不娇纵这多姿多彩的橙黄。无论有心还是无意，秋天只是将生命的成果一一摆放，或者是枝头沉甸甸的明亮，或者是山野里波澜壮阔的扬帆起航……它们之中，能被人看到的、听到的，是芬芳和气场；不能被人看到和听到的，是理想和愿望。仿佛只要超越了一切梦想，所有人世间的目标都指向现实中的那片幸福的海岸。

在秋叶中穿行，我从不打算回望，也不打算升腾更多的念想，只希望目光止步于眼前这片饱满而金碧辉煌的海洋！

重阳之后的月光

潺潺的不只有流水,安静的地方,到处都贴着秋高气爽。

盼望是一种成长,它似乎拥有不会衰败的健康,而且这种成长无须分辨出自何方,也无须关切属于哪一年的向往。清澈,匀实丰厚;饱满,平分希望。它催生的境况恍如流觞,有隔世的气场,也有惊世骇俗的篇章,瑰丽与伟岸,共同促进岁月之光明亮、晴朗。

或浓或淡的梳妆,全都出自月下江南。"江作青罗带,山如碧玉簪",以前只是奢谈,而今却是最出色的存在。人们揪心的那些唇亡齿寒根本不可能怀胎,舒展的秋风迎送光阴和落叶,并及时地赢得回报,翩翩的情节比姻缘来得早,比誓言更奇妙,就像时间,一旦积淀与风相连,就能开出瀚海蓝天,就能缔结星光点点。

风招呼天圆地方。净色的逍遥拥着适度的张扬,拒绝锋芒,也拒绝昙花般的张望。听不见雨声脱落,也看不到流云漂泊,飘零的烟尘牵着秋天故事的尾声,带它们离开梦,离开张牙舞爪。都市,或乡村,都非常幸运地绕过了在劫难逃,绕过了伤心娓娓道来的曲调,它们用一种时尚的流行替代风景,不再害怕失去年龄,也不再害怕在短暂的青春里很难寻觅到合适的知音。

成熟是人间的晚晴。它们平和、安定，饱含深情，自始至终，都愿意将陌生的一切变成恩宠。一些时候，希望影子倒在水中；一些时候，希望风与波光生死与共；而更多的时候，它们希望为光阴引箭搭弓，维持后羿射日的冲动。

　　凡俗的困扰，形同缥缈。浮光指引的每一段烟霞，都如神话，或伟岸高大，或朴实无华。而那些结在树上的枇杷，除了霜花，还有青丝和长发令人牵挂，画面如同记忆中的天涯。

　　天地没有界限，光与影的轮回也像缘分无边，呼啦啦地登场，急切切地流连，生命的源头，没有离恨，没有忧愤，只有功成名就的安分。

　　月在柳梢，光辉可前可后，当然不是青春所独有。

　　时光可待，就像雾散云开。季节是可以调节的未来，云间的晴，水底的清，在九月之后，都变成了石头上的纹理，任由月光徘徊。

中秋——在果园

人们扬手拍打蚊子,顺势把秋天拍到山里去了。

圆月爬上山岗的时候,天地几乎没留下什么悬念,就清一色地被朴实的月光挤满。

山风来得正是时候,它慢条斯理,触地有声,干干爽爽的画面也颇让人觉得舒适。我的果园沐浴在月光之中,除了那些受过惊吓的蚊虫,到访的还有为数不多的昆虫,蟋蟀、飞蛾,以及习惯用夜色作掩护的长满腿脚的飞天蜈蚣。

虽然没什么大事小情发生,但今天的夜空并不显得空洞。一轮圆月浮在东坡上,几颗闲散的星星流落在西南边陲,一条彩绸似的丝带穿过万里河山,悬停在眼前两座大山之间,这些错落有致的布局虚实相依,张弛有度,彰显出很好的水墨质地的意境。岁月的安定不仅绝无仅有,还特别朴实怀旧,让人有一种热闹中的清冷和清冷中的热闹纠结成纹的感觉。一棵松树清秀挺拔,它把自己带到悬崖跟前,气定神闲的样子既玉树临风,又秀丽窈窕,很衬"拂墙花影动,疑是玉人来"的前兆。

风口有时会刮来很大的风,带得整个山岗地动山摇。这种情形似乎每年都有。它们刮起树叶和凌乱的石头到处飞跑,也刮动我果园里的果一个个往下掉,然后消失在乱蓬蓬的草丛中。

已经到了瓜熟蒂落的时节，山坡弥漫着香甜的味道。春天时我精心伺候过的一株石榴现在已经果实累累，很有些小家碧玉的毓秀。她的眼睛明亮，腰身丰满，镀着天上皎洁的月光，涌动秀色可餐的光芒。而那连成一片的柚子树则非常沉甸，颇像十月怀胎。

这些丰收在望的果树，在时空中平实地转换，让人心生感想，不自觉地陶醉，像秋天的池塘遇见粼粼的波光。

我闻着果的清香，追随它们四处流动，看月光翻越沟渠，撒下各种和平的力量。一条小路钻进一张大网，同时把一些斑驳的气色带进那片平房，让它在光与影的铺张中绚丽起来，最后变成错落有致的形态，变成暖暖的故乡。

夜色并无秋色，弥漫的清香动感而流畅。石头和树很好地镶进或明或暗的山影里，映照出南山的脉络，似山重水复的幽谷，也像柳暗花明的姑苏。而被我点亮在家园的几盏灯火，则沉积成一圈山火，独自为夜晚的空无释放温度。

看不到远方的城，因而也就不再需要搭理城市的马路与天桥。在风掠过树梢的时候，我很惬意地享受着这片果园的清幽，并找到了与繁华失联的理由。

脚下厚实的水土保持着它固有的营养，它用落叶和岁月孕育出一种能量，为这片不属于都市的山峰持续地生产希望，坚挺如人们对中秋的向往。

圆月靠近天堂，带每一段幸福的时光走向永生。

可以挂念的不是辉煌，而是难忘。

爱上秋天

秋天是有记忆的。

婉约不一定都能带来真正的梦境。

在真正成熟的秋天的记忆里，水何其清澈，山何其丰厚，人们在田地里铺设的生活何其富丽堂皇！

金黄永远像搬不动的希望，如果不是流云在天上飞，如果不是孤单的雁群执意南归，有谁会相信，那些经历了千山万水的路，会为风的浩荡，显得如此苍劲？

光，一直就在眼前，显现由衷的明亮，像日子那么久远，也像心地那么善良。清晨和雾团围如帐，牵出和缓的村庄，很适合用来抒情。人生许多故事，并非功德圆满，一旦续上秋的前缘，也许就会改观。云雾在秋天里纷纭，如镜、如妆，迎来送往的，一定是秋的朴素安稳的模样。

秋阳是躲在时间后的霞光。在美丽和橙黄里，所有细心的失落都会体会隽永的温存。

霜，徐徐降下，给这个世界把冷峻的画风装上，但它不记恨年华，只永恒地积淀了成长所曾经付出的代价。

黄叶指向成熟，一如金属因贵重而有温度。在秋的橙黄里，人们迷恋一种气息，源于土地，长于乡野，拥有朴实善良的品质，或多或少地令城市窒息，像八月芦荟打着粉底。

我一直不舍得穿我那套粉色的裙子，多半因为它不够妖艳，与花相差好几年。

时光流动，漫长而且温馨。生活如一切可能的意象，远的并未彻底远去，近的并未真正光临，愿望成真，必须有足够的耐心等待机缘慢慢靠近。

这会儿，阳光确实黄了，就像已经饱满的稻子；瓜果确实熟了，就像爱情有了结晶。生命的通透如同自然的通透，它们在不知不觉中切开岁月的心房，并在轻微的爆裂声里感受到了美丽和奔放，最终天地圆融、岁月繁荣。

此刻，我已彻底放松，并已轻松地把心安放在家里。我眼前的天井像一段时空，习惯性地将我的目光引渡到苍穹，那里同样停留云淡风轻的梦。

一切都很明朗，像风保持多年的愿望，清新，透亮，静静地摇成希望。

墙外，有一株夹竹桃，已经种了很多年了，如今它长出了梦寐以求的窈窕。

记得有人说过，如果你有一颗透明的心，你就能拥有一片海的澄明，但愿那是真的，在风里，我至少听到了海浪的声音。

阳光不走，生命永恒陪伴左右！许多故事之所以被时不时翻阅，多半不是因为记忆，而是因为静谧。

不多的时候，我会在月光里迷离，偶尔还会在很多人的故事里失忆。

幸好，这是秋天，而且即将离去，光辉很彻底，藏住了我被季节破译的信息——我们曾如此热爱秋天！

秋登剑排山

风动，云也动。

阳光与冰山，全是象牙般的面孔。

无论如何，剑排山永远像一柄长剑，它指向云天，与天空的开阔结盟，留给这险峻的高原许多放纵——即使没有时间累积，也能卓尔不群，并将一些凶险且适宜的刺痛植入雪峰，植入攀登者的心中，然后让他们变成一阵风，愿意为冰一样的温度和料峭的捉弄放下春梦，到这里来呈现自己的行踪。

人迹罕至的地方，最难找到的肯定是霓虹。

在这里，柔和就像风情万种，它是一种成熟的心理机制，虽然无法与生俱来，却在通往极限的道路上悄悄积淀，最后化成宝贵的节操。因为这柔和，所有登山遇见的险情都拥有温情，所有坚持的努力都令人肃然起敬，像阳光拂照万年坚冰。

剑排山上，一切生命都非常稀奇，一切气息都可歌可泣。即便是在非常遥远的山顶，那些流向深潭的冰雪融水依然显得如此深邃，它们不可一世的幽暗，着实让人窒息，而那些安静的清洌则长出一种气势，在雾的氤氲中笃实、沉降，非常牢靠，也非常不可理喻，仿佛玉盘或冰美人沦落凡间。

山脊举天，如雄关天堑。目之所及，天无端晴朗，风去不回还，时间像记忆中的碎片，有时兴致盎然，有时疑虑重重。每一抹辽远，都天高云淡；每一处眺望，都澄明透亮。而那些往来的云霞则藏着掖着心中的激荡，或静静流淌，或神清气爽，它们俨然相信了人间稻麦橙黄，幸福正被秋天做成时尚或光芒。

山上其实没有路，碎石铺成一条万年的天河，如丝带一样宛转，像信念一样坚实，它去往云端，也去往世界最僻静的角落。那些同行的风似乎也很依赖自己的坚定，它们如影随形，不畏艰辛，始终不停地在周边呼啸，直至夕阳西照，直至光影失效。它们的不依不饶如同生活累积下的繁茂，有时身姿窈窕，有时心惊肉跳。偶尔，不知从何处释放出的长调也缥缥缈缈，让人怀疑是否到了地府阴曹。

山，非常孤傲。既无法看到落叶，也无法听到虫鸣或鸟叫，冰水滴落的地方，时不时有鸟在弹跳。在山高谷深的地方，人们遇见生死或迷茫仿佛也稀松平常。所以，爬山似乎也没有太多的念想，好像只是人们在经过山前时习惯性地用碎碎的足迹完成对大自然的探秘。

迎着风，所有的开阔都被捕捉；追赶阳光，所有的温暖都如同收获。不管是不是秋天，离开家园，人们在离天很近的地方沉淀，一种特别的丰收比想象的美，像光阴一直有美丽的青春跟随。

平和、安静，如秋之月光。烟霞如鼎，殷实地在众山之间徐徐缓缓，指引流年时光。

这里的每一天，都别具气场。它们成色很深，像记忆，也像成绩，不必翻动，不必收起，难得的适宜，足可以存下任何庞大的体积。之后，如同临渊，随缘的随缘，矜持的矜持，祈盼的祈盼……不一样的形态，却有着相同的血脉！

比秋天还冷，这是剑排山实诚的写照，离天三尺的信条，让人体会到这就是传说中的乾坤颠倒。

站在秋的山巅，认真体会风来过，微尘来过，而后，我们都学会了缩小自己，让天地一家独大！

秋山上

秋叶正红。

时序沿着山的南麓一直通上高峰，瑰丽的行踪便像东风将山的颜色化为遒劲的苍龙。苍龙飞舞的地方，秋天丰茂而且隆重，在走走停停之间建设出瀚海与苍穹，和秋天一起直抵天宫。

天与地的距离迅速被操纵，层次叠加的开阔既像飞檐斗拱，也像古建筑的遗风，朴素中隐约藏着巍峨雄伟的梦，有晚云的深邃，也有皇宫的崔嵬，厚实的程度实在难以形容。

因为还没有雪，山色仿佛不可撼动。它们与高空的湛蓝和天际的晴朗，即使仰望，仍然遥不可及。在这里，时间的程序被赋予智者的性情，端庄、俊朗、朴实、大方，富甲天下且胸怀宽广，宛如美丽和时尚匹配满庭华芳。色彩流动的地方总是天高云淡，层峦叠嶂，前方时常分辨不清晨昏的走向。

薄雾均来自天外，优雅的姿态形如缥缥缈缈的节拍；山风如同云彩，它们无论游弋还是徘徊，都显得格外豪迈。在层林尽染之中，灵动的行踪既不显出沉重，也不现出放纵，着装的深色让它们轻松，仿如玉树临风，又仿如卧虎藏龙。而山上的红叶盛开，成熟、稳重，气概堪比修炼千年的火龙。

天，湛蓝如深海。它的下方，火红使世界鲜艳、明亮。凝练的辉煌沉淀其中，捣腾出激越和豪迈，它们快速铺开，占领山脊和山谷，以火辣辣的情怀渲染精彩，也渲染英雄气概。而那些还来不及火红的橙黄也觉得自己错失了方向，赶忙收拾行装，以紧跟的姿态闪亮登场。

风，阻止了所有的十月怀胎，秋天的收获全都是苦尽甘来。它们回旋在群峰和视野之中，带着笃实的厚重，也带着从理想到现实的从容。净色的阳光永恒不败，用光阴中最纯洁的希望，点燃每一块山石、每一片草地，让它们俘获众人的目光。世间的渴望，比如峻峭、坚定、刚强、果敢，都是美好的意象，它们留下身影，留下声音，然后在流逝的时光中变身，塑造出有美丽翅膀的精灵。

路，一直存在。它坚守着山里亘古不变的情境，以始终如一的情怀看云开，看芦花飞白；有时也喜欢在起伏的律动中行进，听鸟鸣，也听落叶低吟。它的身旁有数不清的树影，也有叶脉弹奏的梵音，不管是飘零还是合鸣，它们都十分干净，仿如心情，仿如明镜，仿如日子中的相敬如宾。

普天之下，暖色徜徉，像花海，也像张灯结彩。它们将世界不老的存在一点一点揭开，让黎明醒来，让黄昏不败，让福禄安康同在，让万寿无疆雄霸一方。

风光无限，是秋山此刻的姻缘。耀眼的光明如红线，牵来禅定，牵来真情真性，它让人相信世界永远不会落下尘埃，生命也不会被困顿掩埋，永恒的崔嵬和沉醉，可以助我们远离物是人非。

金秋十月

金秋十月，南方的稻子已黄。

田野平畴上，沉甸甸的明亮带着安稳的气场将成熟和流畅满满铺开，使丰收的愿景一刹那间变得烟波浩荡。

阳光的奔放一如既往，它掠过天空，掠过不远处的村庄，也掠过眼前的这片橙黄，将暖暖的色调调和成一种喜兆，一种令人心仪的热烈，颇为直白地突出在人世间。田垄和高低错落的瓦房被周围的山和山脚的大树合围在中央，隐隐约约地现出红的梁、白的墙、古榕的碧绿、枫叶的橙红，它们无一例外地都线条浏亮，性质开放，仿佛出自江南绣坊。

竹林是不可或缺的屏障。它们绵延在一湾清水旁，用真心诚意的青翠缠绕四方，与地势的起伏和绿树的崔嵬透迤出另一种基调，见水就长，遇桥就凝望；也仿佛精灵游弋在村庄，并友情串联出秋天的丰硕和平和的希望，让秋天茁壮成长，让蓝天为一种渴望衍生出各种情境，既温暖人心，又石破天惊。

平畴千里，稻香渺渺。田埂的平直与稻块的齐整形成纵横交错的纹理，它们展现出一种图形，似随意，也似精心设计，近看像掌上的痕迹，远看像和尚的百衲衣，不近不远的时候，像错综复杂的霓裳羽衣。

蜻蜓是田畴上最常见的生灵，它们飞舞在稻浪的上空，有时成群结队，有时选择单飞，无论热闹的情境还是偏执的冷静，都让人觉得它们是这片天地里的神灵，生来就拥有守土卫疆的责任与使命。它们忽高忽低的行踪，显然极为放松，似乎热爱自己土地的方式就是我的整个世界都只属于你。

秋高气爽，使秋水显得很伟大。它流经村庄之后直接进入田畴，并将田畴弯出弓的气势，从高处俯瞰，就像一条浅蓝色的缎带将橙黄的世界分隔成东西两半。江水的浅蓝与稻海的橙黄交相辉映，让原野露出温馨，也平添许多苍劲。

这时候，田野里已经有人在忙碌。他们开镰收割，或在田垄上采集。他们的身影很零星，却非常精神，偶尔传出的问候声，爽朗、清脆，满满地装着心情舒畅，像歌儿有质地，像盘在天地间的云朵有情意，也像姑娘、小伙儿忽然对生活感觉甜蜜。

田坝如同牧场，放牧着金秋十月的阳光。

因为没有匆忙，忽然感觉天特别宽广，云特别明亮，我的身边没有过往，几只散养的牛羊和眼前的沃野让我感到自己正生活在传说中的天堂。

秋天的早上

雾锁大江。这是入秋之后极为常见的景象。

每年一到深秋季节，江面的雾和如练的江水不管怎样纠结，它们释放的信息通常都特别迷离，有时如时光离去，有时如地广人稀。

水汽从江面氤氲而生，又从深处曼妙化开，轻轻地犹如缎带，沾着夜露的清凉，糅着轻盈的气质，举手投足间，总能令人生出无限感慨。风与河岸边的光亮也有一种节拍，时起时伏，仿佛信赖，仿佛情窦初开，收敛着一丝迷茫、一丝惆怅，浅浅地、朦胧地掠过林梢，徘徊在刚刚醒来的马路上，仿佛新娘初次看到嫁妆。

晨曦未露，周围来来去去的人和车辆明显附着着一些过往和感伤，它们很合时宜地填补着时间与流水流失后留下的空荡。城市在微光中现出原形，像江中的小石滩露出原来的模样，它们在白色的雾幛中逐渐清晰和明朗，最终变得和秋水一样非常适合凝望。

江面上不见船的踪影。一切浪花和一切漩涡仿佛想象，它们似乎预先得知了行程中的灾祸，因而不再任性、不再执着，显得比往常平静而且随性。

河岸上早已没有了火红的花，草尖上晶莹的芳华是行人的目光和季节的牵挂，它们时常被容留在树的身旁，或者黄叶的脉络上，怀揣一些湿润、一些怅惘。尘埃一直都在，但它们同样被一种牢固的陈旧隔开，拘谨的模样很像古老故事里的看门人总被遗忘在时间的大门之外。

露水的妆容很重，仿佛无法剥离黑夜的瞳孔，它们让树的放松显得极不从容，反而隐约带着伤痛或一丝残缺的梦。

风和日丽迟迟没有出来，世界因而让人感觉睡眼惺忪。道路向四面八方延伸，但它们延伸的方向似乎也格外朦胧，充斥着许多不确定的空洞。

洒水车倒是来了一拨又一拨，它们清扫路面，也捡拾落叶和夜归人的梦呓，只是并不出于真心真意，更多的是情非得已。

岁月的味道很浓，像天地一再被风和人情世故捉弄。浅浅的江和淡淡的烟雾缠缠绕绕，它们生出太多的变幻，既不可预知，也很难测算，孵出人世间的情深意长，也孵出现实生活的家长里短，唯独探测不到柳暗花明的全貌。

一切光影都很奇妙，既不像雪月风花，也不像人生苦短，白天夜晚的交替也很正常，偶尔一盏灯的出现，仍然能让人有些猝不及防。

云若智者旁观。远山的前面，时间分外凝练，它们不与秋风照面，努力培养缥缥缈缈的人间。

当然，我不可能知道秋水有什么心愿，所以在城市的边缘，我能祭奠的只有似水流年！

秋雨之后

雨通常都是在我们并不是特别期待的时候下的，哗啦啦，不多一会儿工夫就把整个院子给弄湿了。

刚刚结束的中秋因此有了一丝寒意，虽然并非料峭的那种，但对于还沉浸在美好记忆中的人们来说，确实有点扫兴。

干净的天空和明亮的月光突然消失不见，生活的画面增强的是流光易逝与世间变化的不近人情，而当这一切悄无声息光临的时候，人们感觉天上地下恍如相隔千年也就稀松平常了。

河里的水也突然涨了起来，在并不需要涨水的季节。对于这种反常，按理人们应该有些言语的，但事实是人们对此也是疏于关心。也许眼下违反常规的事情实在太多，司空见惯，人们的心也就大了，毕竟，生活有那么多的不容易，谁还有心情去关心那些与自己毫无关联的大事小情呢？

好在不管有多么不乐意，时间总在流逝。时间流逝不仅带走寒意，也会带走日子的艰难，就像不经意间的衰老既然不可逃避，人们索性也就不再选择逃避。

这急急的雨水是后半夜开始下的，它持久的耐力说明它经过处心积虑。不过这也同时证明，我们对命运始终心里没底。跟雨水接触的时间越久，这种感觉就会越发清晰，也许最终我们也仅仅明白了一个道理——似水温柔并不像我们想象的那么甜蜜，尤其是当你正沐浴着团圆的月光的时候。

街上，依然是密集的人流。没有人说得清他们从哪里来，又要到哪里去，他们的行色匆匆，很显然也是受生活操纵，他们不带任何笑貌音容，让人很难猜透他们此刻的心胸。

方向网住了所有的出路，它们如此飞扬跋扈，将一切陷于混沌之中，似乎超出了人们的预想，但也在情理之中，东南西北，从来不会为生命指引迷途。

好在路的两旁，树和花草都留下了，而且特别清新和充满活力，像遥远的记忆，这应该归功于雨水的情意。

雨后的路，没有落叶。湿漉漉的天空浓云纷沓而至，似乎隐藏什么玄机。只是河岸人迹罕至，仿佛岁月消失，人们不愿意在离水很近的地方听到渔歌或更鼓的回响，而通向小巷的石板路早已关上了所有的愿望。

听不到任何小鸟的歌声，梦想叠加也还原不出"儿童散学归来早，忙趁东风放纸鸢"的画面。眼前清晰的，只有模模糊糊一座城。

微冷，天色还带着些许的怀旧。

不知该去还是该留，天空张罗出一种蕴藉的意象，带着云朵的缥缈，也带着历经修行的觉悟，与拥挤的世界渐行渐远。

在树和花草能够伸展得到的地方，几位游人与几只鸽子各自跳舞，游人和鸽子仿佛感受到了生活的苦楚，故意表现出愤世嫉俗。

绕过那些秋雨，我来到城外寻找秋天，发现秋天离时间很近，却离我非常遥远。

秋　思

渐渐地，发觉天凉了。

白昼的时间似乎也越来越短，以前每天要完成的工作现在无论怎样努力好像总也完成不了。

天色一如往常，一切都很正常，可心情却不知为何并不晴朗，每天发生的事，不是记不住，就是压根儿就不曾想着去记住，所以感觉若不是自己抛弃了生活，就是生活将自己抛弃了。

生命中的缘，像一切因和一切果，从来处来，往去处去，不知来去的，风一吹，也就散了。天地间的事情，似乎也一样，太阳早晨出来，傍晚落下，前一阵子，院子里的树还青春盎然，现在叶子落了，样子也老了。

皇天与后土之间，每天都有事物生，有生命亡，所以并不需要特别难忘。自然厚德载物，万千的变化总归是轮回一场，不管我们如何猜不透，看不明，今天还原昨天的模样，其实只是一种幻象。

不舍，因为我们过度相信自己的情商；难忘，因为我们无法遏制内心的渴望。月明星稀时，我们看见乌鹊南飞；残阳西照时，我们看见倦鸟归林。

天与地有多大的心胸才能扛得住起起伏伏的变化？人有怎样的慧眼才能辨得清生死属于哪一类奢华？

眼前的一切存在，起止都合乎自然的节拍，光阴从过去走向未来，却仍然有生卒的时间之谜不曾解开。

通常，秋风起时我们会关注南飞的大雁，而月落乌啼，我们会裹紧身上的寒衣。常识中有朝霞晨曦，也有晚云暮雨，万籁俱静时，我们只看见年华飞逝。也许这就是本分，不止之不自止，止之必自止，现于形而利其行。

虽然还没有罗衾不耐五更寒，也还没有一觉醒来千树万树梨花开，但路边草地上一层薄薄的霜，已经慢慢覆盖我的心房。

走在落叶留痕的马路上，感觉确实不同以往，风很流畅，而且带着黑色的锋芒，它们坚硬、稳定，让世界变得苍劲，如同寒冰。

忽然觉得天色与草色相同，它们在露水的潮湿中进入视野，又在落叶的飘零中随烟尘离去，彼此之间的距离，有轻盈那么遥远，有沉重那么迫近。

除此之外，世界听不到太多的声音。一只白鹭在河边的浅滩中觅食，它的心情完全暴露了它当下的年龄。

不过，河岸边的竹子倒是难得的青，它们成丛成丛地簇拥在一起，似乎已经赢得了青春不败的美名。

我路过河边时，偶尔听到一段琴声，来历不明，像苏武的羊群，也像众里寻他千百度的那双眼睛。

秋思

到保梁山看枫叶

隔开一条河，前面的深山就是保梁山了。这个时候，保梁山的枫叶也红了。

因为没有像样的公路通达，知道这个地方的外人少之又少，所以在进山的路上，出入的除了居住在附近的村民，其余的几乎是旅行发烧友，而且为数也不多，前者是为了生活，后者是为了充实生活。

这条路不仅长，而且凶险，不足十公里的山路通常需要走上两三个小时。这条完全由村民用脚踩出来的山路曲曲折折，一直在险峰和山谷中穿行，周围植被茂密，有些地方甚至罕见天日。路旁的草丛和随处可见的荆棘经常覆盖到路中来，时不时地绊人手脚，让人猝不及防，所以行走极为困难。我知道这条路和走这条路可以看到保梁山最美的枫叶的经过极其偶然。2014年秋天我从上海乘火车前往桂林，当车即将到鹰潭车站的时候，我的隔壁有两位旅客正在聊旅行见闻，其中一个说要想看最美的枫叶最好去保梁山，那里的枫叶比北京香山的要美得多。我听了觉得是个好消息，就简单跟他聊了几句，顺便冒昧地向他打探路线和地址。2015年国庆长假，我辗转好几次车终于来到保梁山所属的乡政府所在地，并费了好大工夫在乡镇上找到了一位从保梁山到乡镇集上卖红薯的村民，让他引我去看一看保梁山。只可惜那时去的时间太早，虽然看到了保梁山上密密麻麻，规模宏大的枫树林，但它们却是青绿青绿的，没有一丝红黄的状态，所以也就无法体会枫林之美。今年有空，经反复跟当地村民求证，得知这会儿枫叶确实红了，才决定再次前往探访。

不足十公里的山路很快就走完了，在一片开阔的田园和一个朴实的村庄后面，我果然看到了火焰般的世界。

保梁山是一片群山，山头虽然个儿都不高，但却生长得极为精致，它们错错落落，绵延很广，用珊瑚似的红撑出一种气派，热烈而辉煌。它们抵在远处的蓝天胸前，合围成一个巨大的弧形，漫山遍野的似乎只有枫树，而且全都是红彤彤的着装，既像燃烧的火焰，也像蒸熟的蟹黄。它们随山形走势四处漫开，有时高低错落，有时卓尔不凡。因为视觉和距离的原因，枫叶的颜色给人的总体感觉是红得透亮，而且层次分明。低处的偏黄，高处的偏红，线条和波澜的变化也极其明显，像被精心勾勒似的。因为无穷无尽，所以特别热烈；因为几乎看不到其他的颜色，所以声名远播。山的绵延与视野的开阔又让它们气势磅礴，不受局限，似乎要烧穿云天，热辣如深海熔岩。

走进枫林之中，树上的红与脚下的铜仍然是同一类品种，而风声与脚步摩擦出的旋律同样入韵，前后左右红光艳影，以至于人们忘记了自身，而任由层林尽染的美名被——落实，最后整合成火焰山或堆满龙王珠宝的迷宫。

时序刚好是深秋，天的高远与湛蓝的底色和地面上的火红形成对比，更衬托出眼前世界的华贵与雍容，这之中有隆重，也有顺从。更为难得的是，它自始至终即使妩媚也非常纯粹，没有人为的侵犯，也没有无休止的泛滥，仿佛俗世与自然相安，都各自找到了自己的才干，平静、温馨地生，随性、大方地长，共同营造和享受大自然自在自足的非凡。

保梁山没有多余的水。一条浅浅的小溪在山梁下绕过，像是为这片美丽世界刻意安排的。它是入山前那条小河的上游。水非常干净，透着山泉的清亮。细流中看不到有鱼虾游弋，顺流而下的红叶断断续续，无比清新，比诗情和写意更能触动人心。

我在山上、山下拍照，有时候也自己摆个造型，偶尔有村民从我身边路过，跟我打招呼，眼睛和嘴角都是笑眯眯的，透着朴实和温和。有时我也叫路过的村民给我当会儿模特儿，他们从不拒绝，而是很自然地站到我希望的位置。

虽然是深秋，但因为有阳光，山上并不觉得冷。枫叶的红仿佛带高了温度，让这个地方不仅明亮，而且温暖如黄昏的海洋。

保梁山前是一片开阔的田原，这时候田原上稻子已经收完，在一些田地的中央，人们用心堆着的禾垛非常漂亮，像一个个小人国里的城堡，黄亮的颜色与土地的黝黑对比强烈，而禾株的历历在目增强了它们的画面感，让一切变得既合节拍又合情怀，美轮美奂得令人目光难以挪开。

保梁村就被簇拥在这奇迹之中。村中房子徽派的风格也尤其明显，黑瓦白墙，两边立着高瓴，依山而建，三十多户，叠加成差不多的三级，远远望去也特别规整。村中与周围也有枫树点缀，庄重又不失典雅，清秀又不乏威仪，看了也让人神情愉悦。

我原本只打算在这里待一天的，后来却足足停留了三天。这三天，除了把保梁山的每一个角落全游遍，还有一个很好的理由，房东大叔煮的饭菜不仅可口香甜，还能护肤养颜。

冬天的第一场雨

这是今年冬天的第一场雨。

雨来时，我正在回家的路上。

滂沱，突如其来，迅猛中夹杂着狂风，一下子搅得天昏地暗、浊水横流，马路瞬间变得满是泥泞。

车和人在路上抢行，带起飞溅的水花。那些平日在城市里招摇的树木东倒西歪，像末日来临时即将崩塌的海啸。

如注的雨声，阴郁、寒冷。骤然下降的温度逼迫天色忽然暗下来，只是下午五点，世界已漆黑一片。

城市的灯不知何时点燃，它们像落魄的星河，影影绰绰地，被压迫在地平线上，四周笼罩着浓重的水汽。雨水从天空哗啦啦倒下来，似乎要吞没整座新城。在水的世界里，我的车子完全找不到路，只能在车灯的指引下，小心翼翼地沿着前车的路径行进。马路无比拥堵，它的形象堪比一条堵满货物和船舶的河，里面的货物和船源源不断，它们左冲右突，完全失去了理智。而我则需要在这堵满货物和船的河里开辟出一条回家的路，这让我非常无助。

车流行进的速度极慢，简直像蜗牛挪步。但此时，我知道我已不能心急，只好顺其自然地被前后的车辆夹击。原来希望六点之前到家的愿望已经落空，索性就在车的海洋中欣赏风景。

这个城市不知何时变得如此狭小，狭小得以至于都容纳不下一条宽阔的马路。从前，曾经听人说在上下班高峰期，最拥挤的路段开车的速度不如骑车的速度，骑车的速度不如步行的速度。我听了以为是天方夜谭，不以为然，但今天，在不足三公里的路段足足挪行了半个多钟头之后，我开始抱怨自己选择开车出门是多么缺乏理智。

车到岔路口时，路面拥堵更甚，我的车被从四面八方涌进来的车流挤到了人行道边上，几乎寸步难行。忽然，一辆不知从何处窜出来的电单车从我的右车身疾擦而过，咔吧一声带歪了我的右后视镜，我正要出来跟人理论时，人家已经在滚滚的行人和车流中消失得无影无踪了。

差不多夜里八点，我回到家中。虽然饥寒交迫，但并没有食欲。洗漱过后，我打开客厅的电视。

电视里的新闻几乎全是关于这场突如其来的雨。包括哪个路段积水已深得无法行车，哪片小区的地下车库已完全被水淹没，哪栋居民楼因为线路故障停电，谁家的商铺和小车被倒下的大树砸伤……如此繁荣的城市因为一场冬雨制造出了如此之多的不幸，确实有些触目惊心。

屋外，雨还在不停地下。我院子里的积水已深达二十多厘米，它们还在持续上涨，似乎要漫上台阶，闯入客厅。看着水里我摇摇晃晃的身影，我忽然明白，这个世界的太多变迁已超出我的预期，所以，我不得不承受来自不同角落的各式冲击。

十二月

雪花飞扬，在十二月的天上。

它们出发的地方，也许是洪荒，也许是天堂，但绝对不是故乡。

因此，北国需要不断被幻想。从银装素裹，到天地苍茫；从皑皑的群山，到冰封的大江；从不可追溯的过往，到现实生活的希望，甚至包括草的绝望，时间的匆忙，风的流浪，或者船行驶的方向、停泊的港湾。

时序是生活叠加的风浪，不管是在异地他乡，还是在熟悉的小巷，它泛起的波涛持续而绵长，虽然天空时不时会撒落些阴雨晴光，但寒潮毕竟不同凡响，它在冬天磨刀、结网，试图阻止生命顽强。这时候，人们之所盼，恐怕只能是安慰和方向，如同船行进于海洋，只有找到了坚定的方向，才能实现砥砺前行的梦想。

风的飘荡，无疑是最繁茂的成长，它随着温度加强，也随着时间辉煌，不过一旦因眷恋而坚强，也会令人难忘，像候鸟和人群离开故乡，把脚印和目光留在寻找希望的路上。

十二月的天空，不仅空荡，而且藏着许多真相，也许是诚挚的迷茫，也许是心安的回放。

许多方向，道路或桥梁，并没有真正的感伤，因为透亮，所以一直不被渴望。

雪既昭示着坚持，也昭示着刚强，沿着不变的轨迹，将世界还原为真迹——没有不离不弃，也不会分崩离析，稍稍冻结的沉寂郁结着不胜枚举的玄机，秘密的如机遇，清晰的如风雨，不明不白的充满敌意，和和美美的温润如玉。

十二月宛如一个世纪，天与地并不统一，山与河也不完全封闭。天上的光亮应该是为蓝色准备的，而空气的清新，一定因为万象更新。气旋低回在水面，变化的温度刚好说明昼夜的关切，河水东去，完全不是因为自己，而是因为晨曦或潮汐每年都会光临大地。

在云雾中看山，山如蛟龙出海；在浪花中观海，海是奇幻的景观。我们曾设想过的情怀，不管是苍茫大地，还是人间奇迹，一旦被深深惦记，就会现出色泽瑰丽的肌理。

飘扬的雪花，催生白马，也催生远山顶上的光华。它们接近天涯，也接近夕阳西下，而远山脚下，炊烟如画，静静的人家，就幸福在苍穹之下。美丽的真实和真实的美丽自始至终，将笃实和伟大编排成密密的符号，让它们真切地拥有一个家，四周开着绚丽洁净的繁花。

雪是十二月的仙踪。无须跟从，也无须腾空，生命本身就是五颜六色的虹。

在这片神奇的大地上，任何一种轻松，都像温顺乖巧的梦，足以适配天地的空蒙。

圣诞前夜

疏影扶墙，这一切与那个红衣红帽的白胡子老头完全无关。

超乎我们想象的，是时间和生命的流逝。很多年前，我一直坚信自己非常刚强，而且有足够的耐性抵御任何岁月带来的感伤，而过了三十岁之后，我忽然明白所谓人生的战场，其实并非败寇成王，而是当你面对无比简单的生活法则时，无论平淡还是辉煌，都能轻而易举地找到榜样。

不分昼夜，生命总在路上。一切奔忙，情在于念想，理在于发光。因事而作，因利而往，磕磕碰碰也属正常，更何况世间万象本就海量，何时消，何时长，很难设想。很多事情完全不由人来主张，就像很多记忆并非时间刻意采样，是人间多了梦想还是世道变了模样，只有经历过的人才能听闻其详。可以证明的是，孩童时我们都曾经渴望快快成长，如今这愿望却成了最大的恐慌。

每天走着同样的路，离家，归家；每天重复着同样的事情，生活、工作，工作、生活。生计的简单重复一直在证明我们的真心实意，却也一直在否定我们的价值。如果因为年轻而感觉天下无敌，那么沾沾自喜的结局，一定是自己将毒药当成了蜜。

三十而立，并非真理，它无非是让我们警惕人生不易，需要有一条正确的轨迹引导自己。

生活起居，无论城市还是乡里，都是一片吐故纳新的领地。光阴穷尽一切努力，培养花木、光影、人形，让美丽的美丽，让彻底的彻底，让榜样的力量永无止境。岁月是公平的，天色也很公平，如果命运可以平均，我相信上苍也乐意奉行。但人生就是这样，若没有冷热阴晴，就没有春和景明，就像冬天，衣服可以抵挡风和气候的寒冷，却难以抵挡岁月将青春与希望磨平。

夜，走进荒径。风的锐利与锋芒深入骨髓，虽然不曾狰狞，但令人揪心，一天似乎已经接近尾声，辽远的天上，依然看不到一颗星星。

四周同样是有悖常理的安静，除了风声，仿佛一切都已归零，包括汽笛、脚步、呼吸。夜的黑加重了这种安静，特别让人感觉寒冷，尤其是在陌生的地方，远离家乡，远离团圆的理想，如果牵挂只能用沉默表达，那么生命的火花就确实更像神话。

关于迷茫，有很多影像；关于难忘，也有很多处方。时间一再流淌，人生所能够承载的，除了消亡，还有梦想。夜的安静与人的安宁应该是彼此的照应，唯有靠近，才能不成为笑柄，像红花绿叶各尽其心，各显其性。

生命前行，步步惊心，这是环境天赋的秉性。不过，些许的柳暗花明也会有许多共性，比如亲切，比如温馨，比如这些年我们都养大了自己的本领。

虽然从无到有，从暗到明，并非人人都能看到的风景，但时间和空间向来正大光明，这是生命的红运，从简陋到精致，从复杂到清纯，世界有许多声音，大多不需要我们关心，只需要我们学会聆听。培养出这样的习性，可以助我们完成对幸福寓意的判定。

也许已经习惯了钟楼的钟声，也许已经习惯了在冥冥之中安抚落魄的魂灵，如果还有什么不能从容淡定，一定是因为我们还没有回到自己的内心。

平和会带来笃定，奋斗会扬起涛声，虽然都是人之常情，但依旧藏着许多瓶颈，比如路有直曲，山有高低，物有表里，那些来自边关的云和那些来自海上的雾，真正走进了谁的内心？无法复原的心境，一旦将生命引向永远的潮声，人们能采撷的就只有岁月无情，也就不会有人关心云端，关心山顶，关心流云散尽，林下还有幽曲的小径。

忘了浮光掠影，忘了曾经，忘了感觉中的不幸，即使生活让我们嗅到了一丝血腥，也应当保持淡定，相信花的馨香，相信雪的轻盈，相信梧桐深巷风深深浅浅的吹送。

干净、整洁，是我们在意的；舒适、安稳，也是生活的活结。天地之间没有灵异，只有轨迹，沿着变迁，所有的寓言都会使世间桑田肥沃。

这是圣诞前夜我忽然触摸到的天野，没有花好月圆，也没有蜂蝶翩翩，刚好容纳一夜好眠。

永恒的光阴

似乎并不是冬天,也不是设想中的心愿。草木依然生长,阳光依然瑰丽到天边。

游走的时空,浅浅深深;闪躲的怀念,近近远远。除了一些灰蒙,一些秋霜,天地并未改变,该蓝的蓝,该紫的紫,该华丽的如火如荼地华丽。

岁月的痕迹清晰而且诡异,颇似晨烟在山坳中油然升起。那些想象中的甘霖出自季节的和声,它们像穿戴着斗篷的精灵,性情完全无法掌控,它们飞越天空,触碰大地,在山间、马路或者草丛留下身影,带起凉风,也筑成架通南北的虹。

因为流逝,江河明显缺水。但干净的蓝与洁白的浪都很形象,它们愿意为域外的阳光浮游四方,贡献出清新的崔嵬和可人的光辉。天色之下,各种颜色都极具品位,像滩涂充满磁性,像石头葆有精髓。

白鹭满天,它们贴成四海清平的画面;河蚌吸水,它们愿意与潮汐日夜相随。在水天相连的地方,青黄的水草依偎着土地的模样,流露着愿意等待八九雁来的期望。

云飞,云止。落叶轻扬。路,来来往往。

如果不去计算时间的快慢,不去计算生命的短长,随处可见的希望就会在任何时间、任何地点停歇，让成熟像灯点亮，让从未离身的念想变成永恒的信仰。

果实挂在枝头，这是它们的自由。它们集结的时候，身边没有缠绵，也看不到恩怨。迟来的阳光离它们似乎非常遥远，但它们累积的变迁，厚重而且凝练，并非如人们所常说的人生若只是初见。

千山万水，既是迷局，也是诺言。缭绕的云雾遮蔽不了最近的桑田，它们所纠结的，也并非无法化解的云烟。通常，素未谋面，可能就是从未消失的纪念。

天高云低，山重重，水也重重。隐约的村庄散落在雾中，它的样子很像我儿时梦见过的屏风。在一片清新竹林的下方，一段桥和一段历史只有咫尺之遥。几只水鸟掠过水面，生出花纹与线条，平和绮丽，宛如星河里的心跳。乾坤内外，悠远的似乎只有思想，而它们悬停的地方，正是燕子呢喃过的屋檐。

生命不止，光阴源远流长。它们带来的这一抹辉光，不温不火，静静地点亮记忆中的江湖。

在冬季

暖阳如花。

秋去冬来，出人意料的，竟是一种很委婉的情怀。

在常识和记忆里，这样的时节，人们很少能遇上这番场景：海上有白帆，天际有雁群，江河万里，处处是芳草和鸟鸣。

作为一个闲人，我唯一知足的，就是喜欢在人们怀揣心事的时候四处闲逛、张望，像无知无畏的少年偶尔旷课一场。

天色晴好，温度有着叛道离经的情商。在温和的白光和悠远的视线之下，树坚挺着一种精神，苍劲如琥珀，磊落如明珠。身上涂抹浓墨重彩的吃苦耐劳、峰回路转，或柳暗花明。

岁月的踪迹的确已经熟透。它们横跨的世纪布满了皱纹，并在沟沟坎坎间埋藏深浅不一的学问。似乎是为了证明不折不扣的过往并非云烟，而更像雨雪中的信念自然而然地光临大地，平常坦荡地寻踪觅迹，鲜艳夺目地拥有摧枯拉朽的凌云壮志。

火红，是晚霞留下的最后影像。它们曾经如火如荼地燃烧，像祈祷，也像恩典。它们生生死死似乎没有特别的理由，只在亲近水乡的那一瞬间持有明媚的温柔。追随天光，走向传说中的欲说还休。当然，这种表情绝非偶然的冲动，它们以此养活那一片丰美的原野，让自由的余晖随风入夜，让夕阳古道上悬停着昨夜回眸过的辰星。

山河万里。云的穿越，明亮、空灵。光影成长，人间大爱永恒，气势恢宏。

岁月的前方，不管是路还是桥，都标榜着一种希望，它们守护着的每一片天空，始终有驿路梨花，迎送承前启后的东风。

杏帘和幡，不出五服。它们斜插在窗外。旁边，一面明镜，照出春华秋实图，真切、沉甸，如钟如鼎。

琴声，是迟来的女神，她的声音柔和、安静，带着岁月浅浅的波纹。

这个季节，最令人动容的境界，不是眉目传情，而是笃实安定。

冬天的一段记忆

在冬天,时间总是走得比以往要慢些。

那些飘扬的雪,属于季节,更属于感觉。

相对于每一个人的情怀,世界并非不能相忘,因为我们不曾看见它发生,也不曾经历它灭亡。如果内心一直怀有厚此薄彼的空荡,说明我们的生命并不敞亮,没有足够的度量容纳现实给我们带来的各种迷茫。当然,这并不是唯一的悲伤,如果我们不幸上了战场,而且光荣负伤,这种脆弱可能会令我们绝望,甚至长此以往,会让我们永远看不到美丽的远方。

生命源于海洋,获取一切能量是它的理想,就像疗伤是一种高贵的成长。由生而死的轮回,不管有没有前缀,它都既象征追随,也成全摧毁。枷锁与诱惑,铺设出种种前提和因果,无法解脱,就会窘迫。如同时间被昨天、今天和明天界说,但因为弄不清它的轮廓,所以每个人最终都只能错过。

但愿黑白仅仅是一种结果,不至于让生活你死我活。如果日月挪动新窝,希望我们每天都能看到曾经的路正在复活。

跟前的雪波澜壮阔,远方的阳光风风火火。

一样的世界,有时难以捉摸,有时像美丽的传说。这是正常的收获，而我们是平凡的花朵，在阳光里活着，借助血液感觉时空交错。即使有时部分权利被剥夺，也能隔着特别的光亮辨别行走的方向；即使有时温度寒凉，有许多树木和花草冻死在路旁，而生命一如既往，拥有感知冷暖的胸膛。

相信成长是最常态的结局，就应该学会平淡地面对死亡。

追逐幸福有时会让人感觉孤独，但这是正常的归宿，人一旦踏上征途，就必然要面对心有所属。

积雪深埋，风或时间会清理；尘埃留下的痕迹，不管多么无力，最终也会滋养土地；季节造成的所有伤害，最终都会魂归故里。

气温明显偏冷，这是我现在生活的地方。鹅毛大雪覆盖的瓦房，一直在冬天中明亮。但这不是世界的全部，生活一直可以选择，所以一直没有背离基本的结果，就像今天，因为拥有时间，所以我在湖边消遣。

开阔，成全这里的阔绰。成群的野鸭把这里当作过冬的家，它们在一块很大的湖面上演示苦乐年华，将一些南来北往的神话变成浪花，并为它们找到安静的话匣；雾在这里养起了天马，它们所向往的天涯，也有小桥流水人家。我在湖堤石子路上绕圈，感觉石子在触摸我的脚尖，即使略略有些怠倦，依然让人觉得是一种纪念，为天地益寿延年，为心灵开启天眼。有时候我会在湖边的石头上小坐一会儿，尽管石头是冰冷的，但我知道它并非移情别恋；有时候我希望能有太阳晒一晒，即使太阳不肯出来，我也愿意实实在在地等待。

冬天的湖水心思还不算太难猜，一丝丝雾气蒸腾而上，而且变成了许多莫名的牵挂和徘徊，久久不愿离去。远近的树林和草丛似乎也刻意躲开风，它们将身段弯成岸边的虹，毗邻不知何时去留的天空。

不知道是不是工作日的原因，这个开放式的公园一直到中午还看不到什么人影，远处的高楼与近旁的廊桥都非常静默，仿佛都已进入了传说中的佛国。

我在时空中穿梭，一会儿望着天空，一会儿想着湖水可有魂魄，冥冥之间，时间蹉跎，周围的天地盖上了一层与世隔绝的膜。

心念之外，似乎没有什么东西是流走的，包括时间、路、沙，乃至湖水深处的石头。

忽然记起一句话：如果不曾活过，为何却说死了？

当我终于回到人来人往的城市道路上时，这里的阳光正在为灿烂的世界而开。

听 风

风一直都在，就如同岁月和世界一直都在。

风声是这个世界里最自然、纯粹的声音。

东西南北，人们似乎从来没有留意过风的身影，却在不间断的呼吸中感受到它永恒真实的存在。这个充盈于无垠宇宙的气息，无边无际、生生不息，仅凭无色、无味，就超凡脱俗得彻彻底底，并创造出世界的所有神奇，而且诡异得无法解释。

风来，花会盛开，春华秋实朴素得如此伟大，全都是风的造化；雨去，云开雾霁，风花雪月迷离得无人能敌，也全都仰仗风化腐朽为神奇。生命所能遇见的每一段传奇，无非风里来，雨里去。是风不经意的召唤，让生命苏醒；也是风走走停停，让世间长亭短亭。山花烂漫时，人们会驻足赏景；燕子呢喃时，人们会侧耳聆听。生命并无奇迹，是生命中的这些安定，让人们想到了日子的风平浪静；也是生命中的这些风雨，教会了人们自强不息。

所以，听风是给生命创造一些期许。比如，让它能预见花草的生长，瓜果的馨香，冷暖的变迁；或者，让它能感觉到即使流光容易把人抛，人们传唱的故事里依旧会红了樱桃，绿了芭蕉。

是风传递着生命所有的信息，也是风成就了生命的扑朔迷离。人们用气息验明生死，也用气息书写记忆。夸父之所以不停地追逐太阳，是为了人间风和日丽；女娲之所以补苍天，是为了和谐的风雨可以让血肉之躯益寿延年……因为人们有太多追风逐雨的梦想，人间的爱情里便有了白娘子和许仙；因为现实里万家团圆的愿望很难实现，苏东坡才希望乘风归去，去追寻不食人间烟火的婵娟。一曲"秦时明月汉时关"，道出了"江山依旧在，几度夕阳红"的秘密，人们只有在"春风不度玉门关"的时候，才会格外想念剪不断、理还乱的城里的月光。

这就是风创造的种种神话。不因为激昂而让人担惊受怕，也不因为平和而让人倍感寄人篱下。宇宙如此辽远而博大，一袭轻风，人们就可以游遍天涯。

天上有风，地上有雨。这是我们平常日子里听到的最笃实的信息。至于这些信息暗藏怎样的奇迹和诡异，如果不用心去细细聆听，恐怕很难知晓其中的奥秘。

听风，或许也是在听聆听者的心声，因为它暗含生命以及青春在阳光下自由的呼吸，所以，注定会给人带来意想不到的惊喜！

老屋与往日时光

　　黄土掉下来，许多生命在这里流失。在这没有谁愿意提供遮风挡雨的地方，只有一棵树在顽强生长。

　　人们赖土地谋生，靠种一些五谷杂粮维持营养。日头和星光给日子增添光亮，春风和秋雨令年华显示沧桑。血色是我们见过的最残酷的颜色，绢黄让我们拥有故土难离的情商。为此，许多人习惯于在路旁栽种相思的杨柳，许多人不得已在万家团圆的时候流落他乡。夕阳总是燃烧在天和地的边际，就像烟雨总是迷茫在我梦里梦外魂牵梦绕的地方。

　　长亭短亭，青石板让路无限延伸；歌台楼榭，风雨桥就在那九曲回廊的尽头。几柄荷叶亭亭于泉眼的四周，数枝细竹就斜插在蕉林的身后。不知谁家的院子养了那些会说话的家雀儿，它们跳来跳去学习霓裳羽衣舞。在一个看起来很幸福的下午，我在往事中打量这座渐渐被人遗弃的老屋。

　　不知道有没有人怀旧，那些刻在窗棂上的图形隐藏着岁月的无情。空无一人的天井，回声嘹亮，很多蛛网四处延伸，攀爬成我儿时吊床的模样。人们不用抬头，碧海蓝天清晰可辨，只可惜，不再有人在这里滋生今夕何夕的幽怨。

　　老屋的门外有两只石狮子，威风凛凛的样子让人觉得它们并不惧怕任何结局。已经有些破损的台阶，苔痕很深，微微还透着记忆中的温暖，不过，那片停留在年轮中的桃林已经没有了踪影。天高云淡，说不清在那片真实存在的天空里，谁曾放过风筝，谁曾追逐过大雁。反正，那些蓝，那些遥远似乎跟我已无任何牵连。

我父亲曾给我讲过一个故事，说人们长途跋涉不一定是为了苦尽甘来，如果从树林的这一头走到树林的那一头，就是想证明自己已经富有，那么，人们耗费毕生的精力，就只能表明再富有的人也终究逃不过宿命。我不相信天地轮回，但却十分清楚自己的成长是奶奶和母亲用了差不多一辈子的耐心才理顺了那些七拐八弯的死结，最终让我得以分享阳光和分担风雨，拥有了属于自己的健康。

老屋已经成为旧物，这是历史的必然。因为必然，所以不会有人为此感伤。但在平静的背后，我还是愿意时不时地在这里歇歇脚，静静地听风或雨述说那些与世无争的往日时光。

关于脆弱

冬天沉寂，因为冷。没有足够的温度，生命无比脆弱。一些花不能再开，一些叶不会再长，一些往事不会再被记起，一些人从此没有讯息。

这不是世界的错误，是自然，也是宿命———一种法则，无法超越。

但生动与美丽仍是生活的主流。我们生有五官，可以感受五行多姿多彩的变化和节奏；我们拥有发达的大脑，可以生发光辉夺目的思想；我们的身体可以四处游走，能够随意拉近自己与世界的距离。

从不畏惧天高，也从不担心水浅。我们把生命放在有阳光、空气和水源的地方，然后任其发展，我们的世界一天天宽广，我们的理想一年年高远。

应该不会孤独，因为有乡亲父母；应该不会辛苦，因为四季生产果蔬；应该感觉幸福，因为头顶有皇天，脚下有后土；应该无比满足，无论到哪，我们都人在旅途。

眼前风光无限，不管是春风、秋雨、夏日、冬阳，也不管是星光璀璨，还是万树花开，难言的美丽总像流苏、像萤、像曙光、像篝火、像飞絮、像若隐若现的星，它们总是永恒而安定地迎在路边，默默注视我们或形迹匆匆、或惬意从容。我们不是风景，是风景刻意装扮的生命。

四时总是适时来,适时走,倘若能跟上时空变化的节奏,我们可以嘘寒问暖,可以看见赤热炎炎,可以感受冰天雪地,可以上山观日出,可以近水赏明月。我们可以种花,养宠物,可以吃很多美食,可以找一个喜爱的人向他表达爱慕之情。在有月光的晚上,可以聊一聊天外飞仙,聊一聊长生的愿望,想象一下是人间还是仙界演绎的故事最缠绵。

　　我们会老,也会死去,在黄土里我们依然是五行的装扮,我们流失了水分和温度,但我们获得了永恒与安宁。

　　由此看来,脆弱之于生命也是一种归属,对这种归属,即便生不起爱意,也不应产生怨恨。

南湖边的青草

在这里，南湖的边上，满地的青草坡连着坡，绿连着绿。

因为年岁不大，它们不容置疑的青春一年四季不间断地流泻着，从细雨绵绵的春，到赤日炎炎的夏，从天高云淡的秋，到寒雨连江的冬。似乎不曾经历过一生中某个大喜大悲的故事情节，所以在它们的身上或年龄上，人们无法找到岁月留下的愁苦和艰辛，但那明显刻意张扬出来的厚重与浓密，却多多少少暴露了它们初来这个世界的惊奇与羞怯。微风中，它们如待字闺中的女孩，满怀对未来人生幸福的期待与忐忑不安的心怀。

南湖的水长年偏黄，这是一种生命的颜色。它安静而结实的拥抱，让这里的一切都饱含生机——无论是水中的鱼、坡上的树、岸边的花、见缝插针的草，还是点缀在绿叶红花中间的石头。南湖以朴素和热情接待着光临这片天地的每一位成员，包括名树博览园中的名树，湖岸芳草间的奇石，湖面自在的锦鲤，密林中关关的鸟鸣，永远幸福歌唱的知了，把一生当蜜月来度过的蝴蝶，流连忘返的行人，当然，还有那永远洋溢着迷人笑容的绵绵青草。

青草安静而祥和地成长，表明了它对这片土地的钟情与满足。它用年轻和不间断的滋生演绎着内心的幸福，并将这种幸福释放到身体的每一个角落,让毛茸茸的触须,包括周围的空气都充盈着薄荷般的清香,巧克力似的甘醇,雨后霓虹般的清爽,江南古韵似的隽秀与悠长。

无论是春和景明,还是秋高气爽,无论是阳光满地,还是风雨婆娑,那一湾水和这片绿总是脉脉含情、缠缠绵绵地依偎在这里,在闹市的中心、在邕江的西岸,像一对入世未深,还没有被世间俗务缠身的神仙眷侣,于风清月朗时,能够心无旁骛地坐看人间的魑魅魍魉,或在江面往来穿梭的船只上找到日出时的瑰丽和日落时的苍凉。

于是,每每闲暇的时候,我都会到南湖边走走。在那满是青草芳香的土地上坐坐、躺躺,听一听那里从林中穿过的鸟鸣,吹一吹从湖面送来的凉风。如果机缘巧合,还想做一个梦,在梦里,我可以毫无顾忌地牵着爱人的手,一同沿湖堤的绿色,走进某个柳暗花明的院落,然后,用云淡风轻点缀我们生命中那些款款流动的幸福时光。

快乐的白鸽

那只白鸽在天空中自由飞翔的时候，它的快乐是显而易见的。

迎着太阳亲和的七色展开双翼，将头顶上悠闲的白云当牧场，上下翻腾，盘旋飞舞，特技表演一般分享着以蓝天为邻、与霞光做伴的幸福与安定。

这种光一样浏亮的心境，永远不会产生迷局和步步惊心。因而当白鸽从我眼前飞过时，它拥有的世界是透明的，像沐浴在阳光里的花朵，让我即便很想怀疑周围环境的千般不是，也找不出合适的缘由，从而只能相信：世界真好！所有来来去去的声音或者身影，都像我们内心藏着的故事——唯美动人、浪漫温馨，而且带着活灵活现的快乐，脚踏实地的富足，温馨和睦的光芒。让我在散步时也能脚踩幸福，心怀闲情逸致，并一路与花好月圆相逢，与似水流年结盟，与物阜年丰同舟共济。

白鸽的翅膀闪亮。它掠过我的头顶时像极了一支箭，嗖的一声射进远方的天空。那轻轻荡漾着的得意，裹着闪电般的气场，让人心底瞬间变得通透和敞亮。俨然一切生命，或生命的一切全都在掌控之中，没有说不清、道不明的懦弱；没有理不顺、疏不通的关节。只有前赴后继的欣喜，功德圆满的平和，水到渠成的延续。那种安稳和富足、清晰与明亮注定让人顿生羡慕，从而年轻得难以自拔，成熟得不再需要抚养。

我无限敬仰那安稳富足与清晰透亮的一切。因为敬仰，同时又生出些许对白鸽的举动的不安。这些可爱的小精灵原本是和平的象征，然而它一味的快乐可能会使生命变得过于单调了，正如如果完全没有了战争和阴霾，和平岂不是丧失了祈祷的必要？

白鸽当然无法理解这一切，所以，它的飞翔自始至终是快乐的。它飞翔时不时发出咕咕的声音，表明了它的自信和坚持。那是它习惯的叫声，仿佛一个人在经历了艰苦卓绝的战斗以后，总情不自禁地为自己已经到来的胜利欢呼一样。

太阳在西山降落的时候，天地间浮起一层雾霭。那雾霭蕴含着自然、静谧的呼吸。这时候白鸽就会停止飞翔，不知是为了和平，还是本身就是和平。白鸽安静的时候同样是神圣的，从它那如同月光一样纯洁，圣母一样温暖的色调中，你完全看不见硝烟弥漫，也听闻不到喧嚣与繁闹，甚至想象不到强权或压迫，你拥有的只有静静的舒适和健康的快乐。

我想，我是无法拥有这份安逸的。这不单因为我不是白鸽，而且因为我生活在熙熙攘攘的俗世中。我周围的一切是那样错综复杂，它们的喧闹彻底摧残了我从童年时好不容易学会的想象，并最终埋葬了我想依赖想象谋生的任何企图。

我觉得，我身处的世界犹如一座宫殿，四面围着高大的围墙，声音叫不开它，大力士推不倒它，只有长翅膀的生灵才能在它的领地上空自由进出，然后带来些许外面世界的精彩，让不能飞翔的人也分享飞翔所带来的快乐。

  我没有白鸽那样的快乐，因为我不是白鸽。

住在山里的日子

小山，茅屋，石子搭的露台；幽径，园圃，几株向阳的月季。我住在这里。

小山的后面，数百里的大山曲折蜿蜒。

我不知道传说中的愚公是否就住在那里。眼前的这片高地山高林密，野花遍地。

不知名姓的人跟随岁月来到这里。他们在这里养了蜂，修了路，搭盖了房屋，还种了果蔬。它让周围的世界除了风光旖旎、清新亮丽，还平添了些许朴素雅静的田原气息。

美丽的《桃花源记》并非出产在这里。在这片群山中，猕猴桃算是不大不小的传奇。这时候它们已经长成了架子，正紧锣密鼓地活络筋骨、创造果实。它们周边的杜鹃花也开得特别红火。即便没有清风明月，没有小桥流水，山岭上的春光同样明媚异常。而我住的院子外面，那株美丽的山茶已经出落得秀丽端庄，并培育出了自己个性奔放的花蕊。它旁边的那株樱桃树也茁壮成长出了浓荫，正喜滋滋地把累累的果实填充在阳光留下的缝隙里。

人间四月，山脚下小溪潺潺。小溪边上，柳叶已经把桃红留下的空缺完整地补上了。她的成熟和婀娜带来另一种难以言喻的风度——活泼、聪颖，甜甜的酒窝里暗藏着古灵精怪的洒脱，仿佛只有诗书满腹的人才可以靠近她的生活。而性格外向的三角梅却早已按捺不住热情如火,她将爱意张扬得狂放无比,从清晨到日落一直在放歌。

是幽藏于谷底的山泉滋润着这片土地。水的甘甜多半来源于福地洞天。它们清凉、透亮,带着泥土特有的芳香。它们滋养过的生命,从鲜花到野草,从飞鸟到牲畜,从昆虫到鱼虾,除了朴实无华,都无一例外地充盈着写意与诡异。它们在晶莹剔透的世界里出生,休养生息,并培养出自己的灵气,让春天干净彻底,让美丽无边无际,让风情无遮无掩,让果实壮硕圆润。满山遍野的芬芳,沐浴阳光,分享风雨,氤氲馥郁,隽永而繁茂,瑰丽且无人能敌。

我只是偶然路过这里,却最终把自己的半个假期消磨在这里。

我用很多天的时间巡视山头和山谷,俨然一位印第安部落的酋长把自己投放在领地;我愉快地接受飞虫与小鸟的问候,并和长年居住在这里的山民一同体验日出而作、日落而息。在树荫下纳凉的时候,我认真地品尝每一位山民递来的鲜果、佳酿,并在他们朴实的话语里感受诚挚的祝福和地老天荒的幸福。

那些日子,风非常婉约,它们的轻扬让人感觉心身舒畅;云来时带来的雨,刚好使空气清新;阳光在枝叶上坠落的声音,仿佛铃声或琴声;晨光或黎明时升起的雾,有很好的美白效果,隐去尘世皮肤上留下的各色斑痕……

天是蓝的,山是静的,水是净的。几乎所有的生命在这里都拥有了健康的质地。即使没有生死相依,没有可歌可泣,人们也不会为岁月的增减忧虑,为眼下的贫穷或富有仰天叹息。他们只在自己的气场里扎下根基,然后安分守己,无须补锌或补钙,就能够赢得一种自由和舒适的营养,并依靠这种营养健康快乐地成长,最终拥有最惬意的幸福和最通灵的境界,以最自然的方式迎风招展。

花欣欣向荣,果欣欣向荣,土地欣欣向荣。

空明,使万物修成正果!

坐在石子搭的露台上,我俨然是一尊无量寿佛!

家乡的味道

家乡的土地，这会儿正是花红柳绿的时节。

除了那田间地头的瓜果，正肥、正美的还有池塘中的鱼虾和香飘十里的荷花。

蝉鸣声脆，潋滟的阳光普照大地，将一幅幅青葱又惊艳的画面连接到跟前，带着浓郁的姿态和流光溢彩的光辉。清风拂面的时候，一些爱美的人从村道、树荫中冒出来，用采莲、戏水、捉树干上的鸣蝉打发时间。他们五颜六色的装扮不分节令，也不分年龄，体现着一种穿越时空的情境，而一直跟在他们身前身后的小狗则悠闲自在，让人倍感季节的光鲜。

五六月份，天空时阴时晴，偶尔还会招来瓢泼大雨。不过，水的湿润一般不会令人反感，在抵消温度的炙热之后，不管它们以何种节拍来临，都会给热浪中的人们带来惊喜。因而，在绿树成荫的荷塘周围，我们看到的风景，除了荷叶娉婷、荷花清丽，就是人们对宁静的关心片刻不停。水的跟前，很多喜欢热闹的年轻人把荷花和柳叶的关心当成话题，用相机、手机拍照留影，顺便晾晒在自己的博客或空间里，刷出自我满足的存在，让那些日理万机的人感觉亏欠了自己。

眼前的景色，唯江南所独有：绵延的池塘，烟波浩荡，在运河流经的地方，三秋桂子，十里荷花完全不是想象。而流连在荷花跟前的人虽不一定是文人雅士，他们却都努力把自己打扮成有品位的人。他们小声说话，小心呵护身边的大人小孩，仿佛呵护楚楚可人的阿娇，或者倾城倾国的大乔、小乔。

午后，阳光直照地面，使得气温一路飙高。每每这个时候，偶然经过的流云便成了这里的魂魄，撑着一把巨型的伞，将些许的阴凉涂抹出浮光掠影，虽然最终也会走向天涯，但却让眼前的环境拥有了可喜的变化——祥和、安定，永远不会沦落天涯。而湖光山色也最终显露出它们回归自然的秉性，不在画中，直接风化。它们像时光，也像无法牵引的身影，总在有意无意中透露生生不息的讯息，供天地借鉴，供人们彼此依恋。

竹林和柳树宛然入镜。它们与周围的风光一起绵延，渡过时间的长河，修炼出另一种世外桃源的意境，在长流的绿水边上，用柔指弹拨水光天色和澄碧空明，并在涌动的细浪中悟得五味凡心和三清境界。

路上，人们走走停停。幽曲的廊亭，迂回的小路，招摇的杏帘，一点点愿望再加上一点时间的背影，就成全了所有前世的轮回、今生的酩酊。人们乐不思归，全然只为这里的世界别有洞天。

最令人赏心悦目的，是农家院落。青梅、酒、朴素的柴扉，桑麻挂在屋檐，古井就在墙边。葡萄架上，那晶莹的珠链一如从前，还没到成熟的时间，就已令人无比惦念。

一些人到这儿来,试图寻找自己的童年;一些人到这儿来,只为一觉睡到天亮;一些人到这儿来,就想好好看看大自然的脸;我到这儿来,只是与故乡团圆。

团圆的宴席上有一道苦瓜做的汤,感觉味道好甜!

园丁与变色龙

雨后,草长得都很茂盛。

割草机的声音就是针对这种茂盛而来。在尖锐的咬合之后,草一片片倒下,铺陈出一种凌乱的壮丽,酝酿成空气中弥漫的植物香气,向四面八方扩散开来。

烈日下劳作的园丁并不打算扬名立万,却是这则故事名副其实的主角。他们背着机器,穿着厚重的工作衣,淹没进清理杂草的事务,挥汗如雨,将他们沉浸在自己故事的活页里。

需要修剪的草坪很大,连通着"美丽南方"的每一个片区,因为形象设计需要它们整齐划一,为达到目的只能付出常人难以想象的努力。工人们费尽心思确实创造了一些奇迹,但同时也使他们日复一日、年复一年的工作变得有些遥遥无期。

"美丽南方"是一个在建的国家级园林景区,也是这个城市努力打造的一张名片。有山、有水、有草地,在绿树成荫的设计里,水天一色、桃源仙境是它追求的另一种情境。一个波光潋滟的湖泊由拦河筑坝,抬高水位而成,占尽天时、地利、人和,不仅风光旖旎,环境雅致,还带着山水田园特有的幽静,因而也就自然而然地成为人们休闲游乐的好天地。

因为是夏天，又在南方，所以气温极高，丰沛的雨水时不时来凑热闹，使得草的生长特别繁茂，稍微有点懈怠，杂草就会卷土重来，进而现出埋汰，使环境变得粗陋，清幽雅致也被掩埋。园丁们不知疲倦地劳作，其实也只是为了保全这片刚刚成长起来的美丽。

夏天的阳光暴露得非常彻底，因而南方也就缺少了私密。它让湖水闪闪发亮，也让人们的形象门洞大开，不仅身上的汗渍清晰可辨，就连心里悬挂的杂念也若隐若现。是悠闲自在，还是投错了胎？在不经意的举手投足间，一切都立竿见影，得以呈现。就像在这片园林里，知了和小鸟随处可见，并不代表它们找到了幸福和爱情。它们之所以扯着嗓子发声，是因为它们从来就不相信沉默是金！

为了节约体能，许多生命选择了噤声，包括昆虫，喜欢显摆的蝴蝶、蜜蜂，还有时不时将尾巴咬在嘴里的千足虫。它们或在树皮上趴着，或在墙缝里躲着，它们一定也看到了草的生长，看到了园丁咬牙的坚持，所以才刻意与时间保持着适度的距离。

因为云团的缘故，天空显得时而空旷，时而狭长。空旷的时候，白光蓝底，特别有型，也特别精神；狭长的时候，灰头土脸，极其暧昧，也极其琐碎。

这种时候，天上不可能找到鹰，甚至也没人听说过鸿雁。只有池塘周围的芦苇赶上了好华年，所以长得非常饱满，有着光鲜的外形和健康的精神。当风吹过的时候，它们婀娜多姿，能跳出很令人舒适的舞姿，只不过它们的周围还没有建起凉亭，还没有百年老树合围，所以还没有成为令人膜拜的风景。

因为刚下过雨，大地蒸煮出湿度很大的热气，令人窒息。几只蜻蜓空降而来，带着涉世未深的情怀。它们在园丁头顶上徘徊，排出各种不同的阵形，并不刻意追求未来。

世界成色很深，维持着一种欲盖弥彰的秩序；生活如实存在，翻篇并不能涂改；割草机如此豪迈，园丁的声音注定要被掩埋。

我在去往林子的路上遇见一只变色龙，它带着一身火焰游过树丛，令那片冬青树变得特别晃眼。我对着它瞅了许久，也没能弄清它为何特立独行。

城市的未解之谜

天还没亮，小区里便传来小孩撕心裂肺的哭闹声。那声音在蒙蒙的天色中钻进钻出，凄凉而尖锐，仿佛充满了对世界的抗议。

偏偏，这个时候有蝉声拼命响起，一阵强似一阵，图财害命似的挤压原本就不开阔的空间，让天地一下子现出特别压抑的原形。

因为看欧洲杯，也因为努力等待后半夜的清凉，我差不多到凌晨三点才安排睡意。可感觉脑袋刚挨着枕头就被这哭闹声给吵醒了。之后，满世界便全都是这凄厉的尖叫，无间无隙、不依不饶，令人头皮发麻、睡意全消。

我居住的这个小区，大人吵、小孩闹已经是司空见惯了，不过平时大多发生在白天，或者是人们还有力气挺着身子挣扎的时候。在凌晨三四点，小孩闹腾出这么大的动静很是罕见，所以就格外揪人的心。

已经无法再安稳地躺着，我只好将自己的身子挪到窗前，试图在这凄厉的声音中找到它发生的根源。可世界却躲藏在一片浓重的雾气中，飘忽得根本无法揭开，眼前除了影影绰绰的高楼，横七竖八的在建工地，剩下的似乎依然只有小孩凄厉的哭闹声。

声音如此尖锐，却并没有伴随大人的打骂声，使事情显得特别蹊跷，也使世界变得尤其狭小。仿佛存在就是一出人生的悲剧，实在没有其他的道理可以解释，就算那声音里还夹杂一些别的东西，譬如悲壮、压抑、委曲、不能自已等等，也始终表达不清，意图不明，让人特别煎熬。

这几年，小区发展得很快。拔地而起的楼房不断扩张，血脉、经络一样的马路和管网四面延伸，它们迅速强大，让城市像气囊一样肿胀。不知从何而来的人流突然涌进城市的每一个片区，每一座楼宇，他们如蚁族一样出没，带来形形色色的生活，也带来越来越多的难以捉摸。小区凸显的变化，就是老人小孩日益增多，不明身份的业务员空前活跃，小区的垃圾一天比一天狂野，可以呼吸的空气一日比一日稀薄……白天，小区热闹得像农贸市场；夜里，小区高调得像喧嚣的海啸。

不知道这是不是生活的本意，或者它真的是生命挣扎出来的鲜活，但一定不是我愿意看到的清晰。在这可怜的世界里，时间没有鲜明的记忆，青春随时随地流失，人情世故无端歇斯底里。

每天，我看到人们在楼道里进出，只刷门禁，不跟邻里说话；住在隔壁的人纵然不热爱孤独，也不愿意将自家的客厅或阳台对外人开放，家里的门帘、窗帘全年关闭，永远保留与世隔绝的悬念。

孩子的哭闹声为何如此惨烈？我无法猜测，也不想证明。大概她也是受到了极度的惊吓，所以才用这么赤裸的方式宣泄和排解，好让每天一直低头走路的父母关注一下自己。就如我每天上班、下班、熬夜,其实也不是为了日子过得更舒适,而是为了表明我并不是生活中的个例。在追逐幸福的道路上,我身不由己,的确已把自己变成了一块极易被融化的巧克力。

老人咳嗽,小孩哭闹,这可能只是一个小插曲。在小区里,我不认为自己有能力可以探究到任何与美丽有关的秘密,而这,似乎已经是多年来城市的未解之谜。

父 亲

父亲是爷爷奶奶最小的儿子，却从未享受过特别的宠爱。

爷爷在父亲不满一岁的时候就去世了。为了将四个孩子拉扯大，奶奶成了村子里最苦、最累、最拼命的人。除了没日没夜地下地侍弄庄稼，给人打零工，不停地往家里接针线活儿，到街上贩菜、卖柴火，甚至跟跑船的沿右江上到百色，下到南宁送货、运木头、拉煤……凡能挣钱的活儿她都干，有时一走一两天，有时一走一两个礼拜。

每次出远门前，奶奶都会把四个孩子叫到一块儿，挨个儿摸着头说："仔女们，妈要出门挣钱买米买盐，你们在家可得好好的。"然后单独对大姑妈说："你是大姐，要照顾好弟弟妹妹。咸菜我都给你们备好了，你每天煮一锅粥，别让他们饿着。"后来我听父亲讲，他们小时候的一日三餐，基本上都是早上煮好的那锅玉米糊加咸菜。

父亲小时候就是哥哥姐姐的跟屁虫，哥哥姐姐到哪儿，他就跟到哪儿；哥哥姐姐干什么，他就跟着干什么。因为缺乏营养，父亲打小身子骨儿就弱，感冒、发烧、头疼、肚子痛是常有的事。每次父亲的身体一出状况，奶奶就急得像热锅上的蚂蚁，不但放下了所有出门的营生，还带父亲四处求医问药，连下地干活儿都背着父亲。父亲说，他小时候最盼望的事情，就是生病。因为只有生病，他才能整天看到自己的母亲，才能有机会被母亲背着或抱着。

在我的印象中，父亲一直是生产队的牛倌。后来听村里的大人说，父亲之所以成为生产队里专职放牛的人，是因为有一年父亲的一位远房表亲家要起房子，叫父亲去河边帮忙抬木头。当父亲和另一位表亲一人一端扛着一根百斤重的木头往岸上挪时，木头突然跌落，走在前面的父亲猝不及防，被木头重重地砸中了腰，从此就落下腰痛的毛病，再也干不了重活儿了。

在农村，放牛原本是老弱病残及妇孺干的活儿，挣的工分在各种活路里是最少的。父亲迫不得已成了牛倌，工分自然挣得就少，所以打我记事起，我们家一直很穷，年年入不敷出，过的都是寅吃卯粮的日子。在村子里，我们家的房子比大多数人家的都矮小，餐桌上很少能看见肉末儿，家人也很少有新衣服穿，我和姐姐上学，学费、书费也总是学校催了又催才勉强缴上的，所以小时候我特别自卑，不愿意跟人交往，尤其不喜欢跟人聊家里的事情，还曾无数次有过放弃上学的想法。

父亲倒是个乐观的人，他不但心甘情愿地接了放牛这活儿，还把它干得很出色——早上牛放出栏总比别人早，傍晚赶回栏总比别人晚，一到冬天，还总在半夜起来给牛喂干草，给老弱的牛喂酒糟，给刚出生的牛犊喂米糊……他负责养的牛个个身肥体健，浑身油光铮亮。他工分挣得那么少，家里的日子紧巴巴，但他的脸上总是笑眯眯的。虽然每天跟牛栏、牛粪打交道，但他的衣服破归破，总是干干净净；每次从外面干活回家，他第一件事一定是先打水洗脸、洗手，然后才干别的。

放牛之外，其他时间，父亲喜欢上山掏鸟、套兽，下河捕鱼、捉鳖，到田垄上觅蛇、熏鼠，进林子里找蜂窝、摘野果、挖淮山……我童年的最大乐趣，就是跟父亲做这些上天入地的事情。

我们家的苦日子直到分田到户以后才有了改观。因为父母的勤劳，分田的第一年，我们家第一次有了吃不完的粮食。种地之外，为了贴补家用，父亲开始养鸭，卖鸭蛋、鸭苗、成鸭。也就是从那时起，家里才逐渐告别靠借米、借钱度日的时光。

我的高中生活是我人生中最难忘的一段时光。在学校上课，可以不再为学费、书费、杂费、生活费发愁，星期天不上课的时候，我经常和弟弟到河边看父亲放养的鸭子，看它们在河滩上觅食、嬉戏，有时我们还混在鸭群里，一起在河中的石头缝里寻鱼觅蟹。虽然做的都是些乡下小孩常做的事，但我们乐在其中。

除了养鸭，父亲还有两样手艺值得称道。一是理发。父亲的理发手艺完全是无师自通。在我的印象里，父亲是村里唯一拥有理发工具的人。我们小时候修剪头发全是父亲一手包办，村里的叔伯兄弟要理发，也常来找父亲，父亲总是随叫随到，而且从不收费，所以父亲在村里的口碑非常好。父亲的另一门手艺是编竹器。因为村子四周到处是竹子，父亲就利用竹料为家里添各式各样的家什，大到竹席、竹篓、竹筐、竹床、竹椅、竹凳，小到竹篮、竹箕、竹匣、竹钩、竹架、竹夹……可谓应有尽有，父亲做的竹具结实、美观、精致，用起来称手，摆在家里让人看了也舒服。

父亲对生活似乎没有太多的追求，他身上最值钱的东西是一块旧的瑞士手表。这是他用一百六十元钱跟一个老人买的。这些钱在当时是一个不小的数目，为此还被母亲埋怨了好久。后来我问父亲为什么用这么多钱去买一块旧表，父亲说："一是为了在没有太阳的时候看时间，好给鸭子喂食；二是人家有难了，能帮一点儿就帮一点儿吧。"这原因在母亲抱怨的时候他并没有对母亲说。

我工作之后，第一次给父亲买礼物，是在百货大楼给父亲买了一块表，金星牌的，花了我差不多半个月的工资。因为有一次回家，我无意中发现，父亲那块戴了多年的瑞士老表早就不准了，有时一天误差能有十来分钟。记得那天我把新买的手表交给父亲的时候，他非常高兴，立马把那块已戴了多年的瑞士表脱下，换上我新买的表，而且还人前人后地炫耀了好长时间。

我参加工作不满两年，父亲就因一场意外去世了，但这些年来，我始终觉得父亲一直和我们生活在一起，从未离开。

天 性

结束花，结束果，结束这些年我们日子的风风火火。

生命和视线，很多时候并不能拥有足够的尊严，它们停在山前，留在水边，与风景连成一个平面，说明还需要突破许多谣言。

我们遇见过的所有美丽的风光与云烟，无论近远，我们都由衷地希望它们能贴近心愿，能换上标签，能尽可能地不辜负沧海桑田。

关于恩怨，最好别留给时间，也别留给誓言，努力地把它们当作一种纪念，只在我们觉察生存无望的时候悄悄拿来祭奠。

相信世界一直拥有最伟大的变迁，而且没有悬念。比如阳光耀眼，幸福会活成根源，人们会热爱蓝天；阴雨绵绵，风月会成为眼线，人们会相信洪福齐天。相信这不是一种可能的预言，我们的生活本来就很难迁就那些来自自我安慰的一厢情愿！

因为春天，东风时常对杨柳进行裁剪，现出柔情贴心的一面；因为宇宙的爱无限，季节总在默默地贡献自己的红颜，了却江山周而复始的心愿。

没有一片叶不经历昨天，没有一条河流不努力向前。生于斯，长于斯，诉求和蓬勃生长的眷恋，都是真诚的诺言，都应该给予兑现，都应该给予怀念。

关于青山，自古就有不老的诗篇；关于绿水，自古就有长流的悠远。如果生命中隐藏有若干的局限，也决然不会是才疏学浅、人无远虑那么肤浅。

在人世间，真正的瑰丽应该就像热情洋溢的脸，写着蓝天，写着执念，写着花好月圆。可以有无限美好的思念，也应该坚守固有的底线，不怀疑有限，也不迷恋闪电。睁开双眼，希望能沿着每一条视线，探测到此去经年；翻出书签，希望能透过每一句箴言，回应堂前归燕。努力将梦变成前线，努力将现实打造成花园。可以为五颜六色腼腆，可以为七上八下掩面，可以为人情世故的任何情意绵绵歌舞翩跹。

应该相信生命确实是一种资源，不可忽视，也不可复制，它能否魅力无限，全在于起点和终点，是否尚未出发就已沦陷。

来，是起点；去，是终点。过程曲折艰险。

所以，人们坚信收获要付出努力，坚持是为了沉淀，就像没有今天，明天不会出现，没有生命的种种机缘，人们无法将自己带入人间四月天。

应该怀疑，有没有得道升天；也应该怀疑，佛法是否无边；我们活过的这些年，是否只是我们平平常常地抽了一支签，无法解释命悬一线，也无法印证我们确实拥有大富大贵的本钱。

爱上桑田，我们的心会脱离熙熙攘攘的执念；爱上时间，我们会看到落地生根的诺言一直帮我们证实行者无疆并非只是心愿。

这个世界确实没有神仙！只有我和你永远不变的笑脸。

人生最出彩的景点，除了得偿所愿，更多的可能是相伴永远。最艰苦卓绝的战斗，应该不是生死咎由，而是所谓何求；最崇高伟大的成就，应该不是千古风流，而是偕老白头；最值得的拥有，是内刚外柔；最动人的衣袖，是儿行千里母担忧。而这一切，我们都应修旧如旧。

欣赏，带上刻意的温柔，不必害怕娇羞，也不必担心覆水难收。一切光明正大的怀旧，一定因为涉及心中富有；一切顺理成章的追求，一定因为不经意的回眸。如果再加上一些岁月中的风雨同舟，或者情趣中的人约黄昏后，故事会变得空前绝后。

批判，不应只有语不惊人死不休，最诚恳的挽救，莫过于为君分忧。

当然，这应该不是生命奇观中的仅有，也不是所有的美不胜收，我们见证过的百舸争流，一直与风花雪月一起遨游。

安睡，带来另一种自由；苏醒，激活新的诉求。一双无知无畏的明眸，应该可以把世界看得通透。

一句话，一辈子，这是歌词里的坚守。在熙熙攘攘中，如果还能挥挥衣袖，作别岁月离忧，说明我们的天性比歌里写的更值得拥有！

在北海海滩

周末，北海海滩。

风比想象中的柔和，水比想象中的清澈。蓝天碧水的形象完全符合理想中的模样。

沙滩很白，透着干练的银光。这种色调从城市的边缘出发，一直延伸到水边，因为水的浸润，又现出由浅到深、由细到粗的变化，天然、纯净、层次分明，平步青云。而踩着沙滩的感觉，就像听到了清新悠扬的旋律，绵绵软软、虚虚实实、幽幽曲曲、战战兢兢，仿佛一颗心被提到嗓子眼儿，生活被夸大到步步惊心，前方是江水如蓝，后方是鲜花烂漫。

美丽如此安宁，让海水和天空都变得出奇安静。它们泛着蓝光，呈现些许的葱翠，近人时淡，远人时浓，格调高端，很像异想天开，也很像花好月圆。

沙滩上没有多少游人，世界和海洋显得既辽远又空旷。海风轻吹，也是谨小慎微，仿佛一旦刚烈，就会身败名裂。而在微风的吹拂下，海浪似乎也找到了不离家出走的理由，它们一波接着一波，游荡在海滩的四周，结成网、汇成丝、连成线，绵延出细密的群山和秀丽的河谷，起起落落、迂迂曲曲、死死生生，有时欢快，有时寂寥，静静地守候着生命中路过的每一缕重生的阳光。

因为时序已是十月，温度无法给人带来灼伤，所以阳光虽然清亮，却没有炫人眼目的迷茫。它们顺着天空与水的边界而来，沿着海湾的方向散开，轻松舒坦、悠闲自在，招摇着一种自然的风度与情怀，让人觉得放心，而且充满期待。

我光着脚站在浅水里，用心感受浪花抚拍的仁爱与青睐，认真体验风如何将每一朵浪花送出关隘，引渡上我的脚踝；我蹲在沙堆面前，努力搜寻寄居蟹的故乡，看它们如何用窗口将风景膜拜；我还在海滩旁的椰树下留了影，试图让自己成为海岸上的精灵。

平坦、绵长，干净、安定，海滩似乎把所有和谐的基因都揽到了自己跟前，培育出海边秋天特有的风情：阳光、沙滩、小舟、帆影，流连的脚步、甜美的爱情。

与此形成鲜明对比的，是快艇经营者的矫情。他们身着厚厚的防水裤，穿梭在游人中间，不厌其烦地向游客兜售他们的商品，并认真地试探每一位游人的心理。他们迫切发财的心情，直白而且坚定，让空气弥漫着一种异样的声音。偶尔一两艘快艇在眼前疾驰而过，也让人感觉它们真的如入无人之境。

不过，此时此刻，天地给人的感觉还算笃定，人们似乎也很享受这种笃定。有些人放下行囊，尽情地在海滩上奔跑；有些人干脆就在沙滩上铺一张毯子，与海水和天空和平相对。一些孩子努力拾捡螺贝，一些大人努力开怀陶醉。他们的身前身后，有明媚的风光娓娓相随，犹如爱殊途同归。

这是周末,我乐得逍遥,无暇疲惫。

临近下午,从海滩出来,想用清水冲一下脚,商家说一人五元。与干净的海水相比,商家的心可真够黑的!

老 井

村头有一口老井。我父亲说,他小时候老井就在那里;我爷爷说,他小时候老井就在那里;我太爷爷也说,他小时候老井就在那里。

老井的古老是不能证明的。因为迄今为止,村里没有哪一位老人乃至他们的老人能够说清老井的来历。即便族谱里明确记载着村庄和家族的演变,却只字未提老井出现的时间。似乎老井根本没有渊源,抑或老井本身就是一个讳莫如深的话题。

老井的确名副其实。那些用来围住井口的青岗石不用看就知道已经历了无数的岁月,它们比镜子还要光滑透亮的表面,不仅有时间留下的痕迹,而且肯定穿越过厚重的人世间。那种被力道打磨过的豁口,那种青得发亮的光泽,绝非一人之力、一时之功所能形成。当光滑的青石表面照出清晰人影的时候,岁月被穿越的印迹便如同人们手里的纹路一样历历在目。而井壁上特别厚重的青苔以及它们总是湿漉漉的模样,同样可以证明老井年代的久远。它们陈旧、肥厚,而且满是沧桑,很像石山上生长多年的鳞片,也像参天古树身上风化多年的老茧,见证过变迁,也期盼过永远。

不知是太深的缘故还是感觉的问题,老井显得特别小,小得似乎只能容下一只稍微大一点的提桶。不过即便这样,老井还是养活了方圆几里内的乡亲，让他们相信生活是滋润的，这片土地的温情与甜蜜一直存续，而且不用怀疑。

因为有井，所以这里便有了奇迹。

村民们来提水的时候，总习惯顺便洗衣、洗菜。为了方便，他们在井的边缘铺了一些大青石，还在低洼的地方挖了一条小沟渠，用来导引那些洒落或用过的井水。久而久之，那里演变成了一条小溪。

因为老井的水，小溪不断演绎着各种生机。大人小孩经常到这里洗洗涮涮，日久天长，小溪里就经常能看到漂着的树叶和菜根、菜帮子，所以看起来并不干净，人们也很少理会。不过这充足的水源倒是鹅鸭们的天堂，每天会有成群的鹅或鸭不请自来，在那里嬉戏玩闹，而且不知疲倦。溪水两边长着茂密的竹林，竹林下的空地很自然地也就成了它们休息的场所，它们热爱这个地方，有时竟然到了忘乎所以的地步。

自打记事起，我对这口老井的印象，先是我母亲每天至少要到那里挑两回水，然后是我姐姐。无论做饭洗漱，都要靠它提供。记得有一年大旱，田地里颗粒无收，害得村里的老人不停地怨天尤人，不过这口井里的水还是保证了人们用水不愁。小的时候，我每天放学经过井边，都会汲水解解渴。那时的感觉就是井水很凉，也很清甜，特别好喝。

一年冬天，我已经年过八旬的奶奶照例到老井边洗衣服，提水的时候，在井旁的青石板上摔了一跤，摔断了一只胳膊。虽然后来请老中医来医治，身体有所康复，但却明显不如当年。

以前，我奶奶每天都要到老井边坐坐的，要么洗涮家里的物什，要么与老邻居们在井边的树下纳凉聊天儿，自从摔了那一跤之后，她就再也没到过井边，直到她八年之后离开人世。

老井的旁边有一棵高大的龙眼树，年岁似乎比老井还要古老。粗大的树干遒劲粗犷，三人不能合抱，枝丫更是豪迈奔放，而且长得蓊蓊郁郁。每到春天，那一树的黄花开得异常灿烂，四溢的花香逗得成群的蜜蜂在这里飞舞流连；一到秋天，龙眼树也是果实累累。果子又大又结实，还特别脆甜，馋得我们每天都往龙眼树下跑。小的时候，因为龙眼树太过高大，我们没有一个人有能力爬上去。想吃果只有两个办法：一是拿石头扔，这个成效不大，而且也充满风险，有时候果没打着，石头却砸中了人，免不了总被大人呵斥；另一种办法是求大人帮忙，尽管大人们心里乐意，他们拿棍子和梯子去摘龙眼果时，却摆出一副万般不情愿的样子，直等到我们央求够了，他们才说，好吧，看你们一个个饿鬼投胎似的。

他们每次摘的果都不多，刚刚够解馋的样子。这似乎成了村里的规矩。所以从龙眼成熟算起，直到树上的果子被摘完，前后大约得一个月时间。那一个月里，村里的每一个人，无论是男是女，无论是老是幼，都一定有过在龙眼树下大快朵颐的经历。

我父亲年轻时到亲戚家帮忙盖房子，在抬房梁时因为同伴不小心，让房梁砸中了腰，从此便得了腰痛病，痛得厉害的时候基本上直不了腰，从那以后，家里的重活累活便落到了我母亲肩上。不仅是家里的家务，连犁地、耙田这些原本是男人干的活，母亲也都接过来了，很难想象，一个瘦弱女子在捡起这些苦活累活时需要付出多大的勇气。

为了分担母亲的负担，我不到十四岁便学会了几乎所有的农活，包括犁地、耙田。初中念完，我便有了不再念书的想法。跟父母说，父亲倒是没话，可母亲死活不同意。当我犟着不去学校注册的时候，母亲竟然拿竹条来抽我，下手一点也不留情面，直到我乖乖回到学校。

从念高中时起，我开始住校。通常每个月放月假时才回家一趟。后来因为家里太穷，连每个月的伙食费都交不起，就改成了走读。学校离家倒是不远，但中间隔一条河，每次来回都得坐木船。每次来到河边，最难耐的就是等待。船工为了节省体力，会尽量减少摆渡的次数。每次都要等船差不多坐满了乘客才开船。为此耗在路上的时间总算不准，经常会迟到，这又让我打起了退学的念头。

可刚跟母亲提，母亲又生气了。最后竟跑去外公家借了足够我一年伙食费的钱，并让我不要再提走读的事情。

在我的印象里，外公是一位和蔼可亲的老人，因为早年读过书，还考取过秀才，肚里的学问很多，写得一手漂亮的毛笔字，所以小时候我确实非常喜欢外公，每年春节，母亲回娘家走亲戚，我都闹着一定跟去。

外公不经常到我家，只偶尔在夏天时会过来，主要是帮母亲剥玉米和花生，虽然不说，但母亲心知肚明。没有活儿的时候，外公也喜欢到村里的老井边坐坐。他坐在井沿上沉思时就像一位世外高人，让我觉得特别神圣。

后来因为到外地念大学，大学毕业后又在外地工作，我开始越来越少回家，即便回家，也多是过年过节的时候。因为村里通了自来水，老井便失去了原来的功能与活力，后来就渐渐被遗忘了。

我最近一次去老井那边，是因为听说井边的那棵龙眼树竟然死了。当我走到老井边的时候，龙眼树依然粗壮，只是树上的叶子已经枯黄，并开始掉落，估计已经死了有些日子了，可整棵树既没有人为砍伐的痕迹，也没有虫蛀的痕迹，原来那么生机盎然，怎么就死了呢？

再看那口老井，里面已经干涸见底。我想，这也许就是原因吧。

只此一生

太阳落山时带落了一些灰烬，参参差差的，很像黑暗的幽灵。

寒鸦大概也是为黑暗而来，它瞌睡在枝头，把自己圈成一座小小的坟。

原野上，朔风浩荡，而且寻觅不到青草的踪迹。它们的离世或许算不上悲剧，但可能是一种比较惨烈的牺牲，因为无踪，所以无奈，甚至还带着世事难料的顽强！

时针指向冬天。眼前的苍茫似乎也喻示着生命确实是从某一个特殊的年份开始的，并且它们根本来不及选择自己行进的轨迹——包括到底让自己轻盈还是沉重，因而最终只能在无法无常的玄幻中培养自己的性情。

残阳夕照是殊途同归的另一种写照。那么多的风光，无论风和日丽，还是寒风急雨，它们用游走于宇宙中的万千变化，点缀着生生死死，化解着分分合合，以至于完全不需要任何理由，就可以把规律变成一种等待落实的宿命，或早或晚地向世界发出邀请，不打算回避旦夕祸福，也不打算复制万寿无疆，既远离荣华富贵，也跟春风得意、云淡风轻扯不上任何关系，内敛得只剩下一种绵密而且不能自已的人生慰藉。

生命因此而显得稀松平常。就像水注入池塘，会带活一片阳光，而开在原野的花一旦形成海，即便没有婀娜的风姿，婉转的体态，活灵活现的神采，也依然会拥有满满的未来。

盎然的生机，并非专属某种表白。鱼儿在水中游，水花流成的任何线条，都显示着真实的存在。或安贫乐道，或饮露餐风，不为证明自己愿意追随天意，只是相信水能充分地养活自己。

无忧是假想的空门。它的形态很像炉火中的薪柴，可以点燃，却不能依赖。如果事物选择精诚所至，金石为开，就不应坚信空门能够造就幸福的花海。

生若风来，死若灰霾，也许不是我们乐意接受的关怀，但应该不能把它看成是人生的一种失败。我们常在祖先的墓碑前徘徊，仍然不能不感慨往日的时光无法从头再来。

石头埋在土里，显得岁月尤其沉重；雪花飘扬于天空，显得冬天格外空洞。我们记忆中满是斜阳春风，一定因为我们错过了最美好的时空，不小心掉进了暮之将至的死胡同。

疾风吹动，劲草迎风，这不是了不起的成功。很多看起来非常执着的追求，其实也仅仅是生命对自己处境的言不由衷。

熏熏的春，炎炎的夏，干干的秋，冷冷的冬，是轮回，也是一种各司其职的放纵。无关乎道义良心，也无关乎冤冤相报，只是因然而然地完成逝者如斯的行踪。

花开在枝头，叶埋入荒冢。这是定数，无须也不可能在意是否会得到认同。苔藓攀上石阶，它历经千万年的努力也只成就了爬行者的尊容。

忧伤，我们落泪；幸福，我们也饱含泪水。不是我们相信快乐与痛苦没有完全不同的征候，而是我们做不出更多自己能够掌控的动作，我们想象的世界不可能对我们的自由追求完全言听计从。

行走是生命努力的方向。在所有有价值的经验中，不留痕迹的，是无求；留下痕迹的，多半是隐忧。不管允不允许，活着总会迎来白头。

我们一直在路上走。比起匆匆奔跑的人，我更愿意看到人们慢条斯理地走，或者干脆坐在草地上晒太阳，甚至小睡一会儿。不过，常常在我的视线范围之内很难找到人影，他们也许从没在意能否为一个情非得已的世界留下哪怕一丁点儿的记忆。

我们的星球

水，一直都在那里，蓝色是天空印染的；陆地，也一直在那里，因为不能像镜子反射天空的颜色，就生长出桃红柳绿，用来装饰凹凸不平的自己。

由于自转，离心的张力向外伸展，便有了风、有了浪、有了板块挤压，出现了高山，出现了岛屿，出现了海底的深沟；由于公转，离太阳时远时近，形成了冷热、炎凉，出现了四季更替。

所有的生命都离不开水，所以海洋是生命的摇篮，也是生物物种最丰富的地方。水气能伸展到的地方，就是生命足迹所能到达的地方。

因为适应力的差别，有的生物喜欢浸泡在水里，所以它们把家安在了水底，比如水里的鱼虾；有些生物喜欢住在水边，一来取水方便，二来也可以过一过陆上觅食的生活，所以他们水陆两栖，比如青蛙、鳄鱼，还有人。只不过后来有的人住得离水远了，没有机会经常下水，就蜕变成了爱水也怕水的旱鸭子。

穿衣吃饭，是人维系存在的一种方式，为此，人们学会了裁衣和种地。一些生物没有这方面的追求，所以千万年来它们一直赤身裸体，不懂得照镜子，所以不知道是否需要为面貌去求医问药；不需要悦人悦己，所以也没有为美丑与人争得面红耳赤的困扰。这是许多生物的过人之处，它们在自然提供的食物和环境里休养生息，活成很真实的自己，而且从来不担心生活会欺骗自己。在这一点上，人类无法企及，只能靠无休止的努力来谋求永远也不可能实现的人生目的。

人是自视很高却能力很低的物种，他们心身的发育才刚刚开始，真正的礼让仁义还不能彻底明晰，所以很多时候会盲目努力，却完全不知如何体谅珍惜。

有时候信口雌黄，就是为了掩盖天性中的那种无奈与无力。

人很难做到完全诚实，因为懦弱会出卖自己；人热衷于演戏，因为并不相信自己有适应环境的能力。有时为了维持自己的权益，我们会下意识地把怒火烧给邻居。如果真的良心发现，谁又会在弱者的身上夺走他们活着的尊严？

不是不相信公理，也不是不希望天下和谐，但人制造的公理大多离奇，很多时候会损人不利己，所以最好把它当成垃圾进行处理。

我们的星球自古就有自己的公理，不为舜生，不为尧亡，甚至没有人的时候它也存活了数十亿年。没有是，没有非，没有对，没有错，没有高贵，没有贫贱，没有你的，没有我的，只有"逝者如斯，不舍昼夜"！

这是多么平和的世界，可惜，我们走错了方向，不进天堂，进了地狱。

星球是共有的，就像食物也是共有的，若谁想吃独食，最终只会撑死。

关于自然

因为长有胃囊，所以能够消化食物；因为生就双眼，所以相信天高地远。

人生最值得品鉴的传奇，不是创造奇迹，而是遵循一条轨迹，而且人人大同小异。就算身世不同，秉性各异，最终的结局，无非魂归故里。

关于性别的差异，很多人特别在意；关于年龄的问题，很多人不愿提及。而真正让我们焦虑的，既不是历史，也不是成绩，而是活成明明白白的自己。

眼前的世界，不管认不认识，珍不珍惜，它们的瑰丽永恒彻底——不为名来，不为利去。旖旎时风光无限，奔放时光芒耀眼。一山一水一乾坤，一花一树一繁荣。爱山的人倾心于山的峻秀，乐水的人喜好水的清新。一年四季，花草无意为春奇，土石无心成胜迹。就像英雄爱美人，本无关风月或传奇，它们仅仅是人们茶余饭后消遣出来的肥皂剧。

因为生于自然，所以拾得自然的爱恋，就如小时候我们相信花好月圆，所以义无反顾地爱上蓝天；因为坚信只有关于自然的记忆才会永久，所以一旦幸福，我们就联想到天长地久。人生的成就，不尽的思悠悠恨悠悠，到头来总是恰似一江春水向东流。而一旦与自然山水相映成趣，它衍生的感觉则完全是另一个世界——山花烂漫时，我们学习采花酿蜜，像蜂蝶追逐四季；芳草萋萋时，我们休养生息，像鸳鸯生死相依。

自然最高贵的品质涵养着生命的足迹，也盘活着生命的神奇。动静的光辉点染出纯粹的山水。一片云是记忆，几星雨是记忆，繁花似锦是记忆，雪落无痕是记忆……它们来，平平常常；它们去，悄无声息。夜空从来不把月明星稀当作秘密，就像人世间最伟大的神奇并不是生死别离，而是缘来缘去！假如一切皆可以从头来开始，谁会把时间看成是一个值得讨论的问题？

荷塘能够别致，因为有荷叶婷婷，莲子连心，还时不时传来蛙鸣；山峦能够唯美，因为足够崔嵬，还能摇荡出万种风情。阳光最伟大的成就，就是让我出门时戴上墨镜，回来时六根清净。

四海之内，俯拾即是好景致。

天地足够纯粹，它们天生自美。对天生自美的东西，我们只能识记，不能摧毁。

青 莲

覃塘没有漂亮的风景,长着青莲的池塘却是个例外。

所有出名的湖水,大都与莲、菱有关,即便不曾烟波浩渺,只要稍稍叠加一层江南水乡的情韵,便可以无敌于天下。

在这里,那些望不到边的莲塘,就荡漾在田垌的四周。它们连绵宽广,北望青山,南靠平地,虽然不曾停靠过名人的绣舫,却因为徜徉广南的日月和时光,最终拾得满满的情韵,进而成为许多游人到访的天堂。那里藕出名,莲也香,连带出产的鳝鱼、螃蟹,都让人特别难忘。

青莲崭露头角,多在小满和芒种的交会时。那时候江南正是烟雨连江的时节,青莲连绵的画面,镌刻着层次的深深浅浅,让它们像极了仙界的群芳,在薄雾浓云间,一览无余地呈现在世人的眼前。

青莲的形象,圆脸,细腰,标准的发髻,造型古典,有娉有婷,依着水的韵律,长出翡翠的气质。华贵的像膏脂,朴素的如柔荑,在清水的缝隙,装潢着性情的真实,风疏密有致,帮助它们活成如花似玉。

美丽,《爱莲说》曾提及;清奇,《神农本草经》曾梳理。"濯清涟而不妖"或者"小荷才露尖尖角",都曾经是注脚，幸亏不是以"网红"作为符号，不然，很可能背负沉重的妖娆。

最隆重的积淀，是大面积的田田莲叶频现，而且还有待放的花苞竖立于水面。规模生出气派庄严的光鲜，令周围万物迅速逃脱尘缘，融入极限，让人感觉格外养眼。而在夏天，太阳和蓝天同时操练，又让这一带的变迁如同桑田：水在云天，天在跟前，生命恢宏如纪元，一边是透明的节节点点，一边是纯净的辉光潋滟。清的，丝丝透彻；绿的，盘盘甘甜。偶有火焰如风如电，也多半是明亮耀眼，露出锦绣和庄严。

最凉爽的湖水，迤逦出最柔和的芳菲，丰腴中的妩媚牵着秀美一直跟随，它们擎着风，顶着日光，将江南的燥热扫进残梦，或沉入江中，而让温润变成一种曲风，追逐水的波纹弹向东西南北中，一一进入赏花人的心胸，最后融化成他们脸上和蔼的笑容。

这时候，这里的船和桥显得特别生动，它们有的如虹，有的如拱，还有一些简约玲珑，像路的始终。它们属于情怀的另一种放纵，依托生活与传说的林林总总，接二连三，跳跃出激动，或停泊在小弄，或摇摆在深远的净色中，有时软如昆虫，有时硬如长弓。

天上与水面，俨然获得了分封。有形的灰与无形的水团出各形各色的块垒，努力将时空里的青黄点缀，让花生发，让芽攀爬，然后植入古诗和古画，锻铸出金粉世家，青春无涯。

晴天，云如毛发；雨天，水似昙花。在游人攒动的伞下，远远近近的火树银花都汇成了意念中的花样年华。

也许因为热爱远方的家，所以人们乐意为这一份如诗如画将脚步留下；或者因为日子里那些无缘无故的惊吓，人们才在这里找到了有条不紊的符码。

六月，或者七月，覃塘慢慢褪去美丽的烟霞，但青莲留下的这一幅画，却依旧将贴心的光华并入麾下，并与这里的树、花和草一起，君临天下，生发出另一种牵挂，让很多游人慕名而来，他们来时心猿意马，他们走时灿烂如花。

覃塘：广西贵港市一地名。

长满青草的土地

小草欣欣向荣的时候，所有流落在荒野的坟头都有了漂亮的发型。

南方的阳光，始终在岁月的森林与河岸边流淌，而令它们迷茫的是，人们更热衷于想念城里的月光。

时间让很多事成为怀想。每当河岸有温柔的风流连忘返的时候，我都喜欢坐在河岸的草地上晒太阳。用古铜色证明自己是这方土地衍生的土著，而且从未离开过自己的家乡。我像自己的祖先一样，以这片田野和这带江河为生，学着祖祖辈辈的模样在阳光下生产、生活，在月光下培养爱情，繁育子孙。学他们用非常动听的歌喉唱很好听的山歌，学他们用竹筒吃饭和喝酒，用竹子盖房子和搭桥铺路，学他们喜欢今天，也从来不为过去和将来发愁……透亮的阳光将他们滋养得异常心地善良，他们无论爱还是恨都开诚布公，而且令人相信"老吾老，以及人之老；幼吾幼，以及人之幼"真的存在。

身边，小草的清香是我喜欢的味道。它们穿越历史带来生命的顽强与无欲无求的光芒。在生生不息间留下的细碎身影，一直埋藏着难以破解的永恒。似乎生与不生，亡与不亡，从来都不是值得讨论的话题。它们用柔软的身体经风历雨，用安静的成长左右我们的目光，用晶莹的露珠感动我们的柔情，用示弱的方式对抗雨雪风霜，用芳草天涯成就家族的兴旺……对于已经拥有上亿年历史的小草而言，我们其实就像初升的月亮。

草地无边。

无边的草地经常连贯我漫无边际的想象，也将我不时被天空带走的目光重新牵回大地，让我心中的踏实就像船上的帆和沙滩上美丽的石头，只要时光永驻，它们就能像阳光散发永恒润泽的辉光。

我想，一定是清新孕育了青草，也一定是清新孕育了生命最原始的血脉和张狂。我之所以执意在清新的草地上晒着清新的阳光，无外乎想争取同样清新的成长。

这是一方神奇而美丽的土地，有青的山，绿的水，温柔善良的人们在这里休养生息。是它们的始终如一，让周围的世界干净、纯洁；也是它们的始终如一，让我自觉今非昔比。

我静静地在草地上坐着，并希望这干净的画面永不改变，至少能保留到我愿意在这片土地上自然安息。

雾中的桃花源

雾从湖中漫上来,像巨型的昙花悄然盛开。美丽的湖光山色由此呈现出一片空蒙而柔软的气象,它们的无处不在与微风和波澜很快合体,变成情怀,变成东方不败。

晨阳于南山顶上出现,带着炯炯的目光和轻松的步态,君临天下的情境瞬间化开,呈现出万众瞩目的风采。南山周边的事物,无论高矮、明暗都金身不坏,它们贡献出无与伦比的自豪与忠诚,虽然大都稍稍带有些睡眼惺忪,但无一例外地都充实着内敛与庄重。

伟大的天空既然从容,就自然免不了吸纳光线和释放闪电。一些游丝似的金光挣脱晨梦,刻画出视线的朦胧,然后忽然安静,仿如无数星光划过天空,美丽的岁月被一一收入囊中,与记忆的清风继续书写宇宙传奇和生命的风起云涌。

天上的所有,在人间呈现,像烂漫花开,也像来世今生的诉求。它们有轻有重,形同于托梦。流动的像别离,沉淀的像呼吸,与时间擦身而过的像别梦依稀……无论高低,都与大地永不分离。

原上开着花,路边长有草。它们开开合合,起起落落,昭示着朝花夕拾或春花秋月。路上的人合合分分,走走停停;山间的雨疏疏密密,淅淅沥沥。

看不清什么是事实，也弄不明什么是真谛，时间和空间都藏着自己的谜底，无可挑剔，也不令人怀疑。生命一时难以寻踪觅迹，只有时光流逝，水向东的决心不能抑制。

青山脚下，停顿着岁月年华。清晰的是廊桥、墙瓦，模糊的是雾里人家。树是寒烟里的积怨，它们整理出村庄与田园，并让从前与当前若即若离，似乎要把它们都纳入往事或陈年。一湾清水，半亩方塘，虽然无法锁住袅袅升起的炊烟，却也将一个绝好的世外桃源生养得别有洞天。

显然，刚刚经历过秋天，一些果蔬成熟在庭院，一些花木迷离在井边，村里村外，一些人劳作归来，一些人刚刚把门帘掀开。

确实看不到花红柳绿，但秋天依然很近，而且特别适合用心去打点。一条路穿过云烟，连着桑田，在薄雾中弯出淡淡的曲线，被起伏的地形当作门面，铺陈出世俗生活的圆圆圈圈，既无法勾连，也不能视而不见。

耀眼的光亮均密集于天顶，它们对山的眷恋与对水的垂怜恰似昨天，不仅真真切切，而且不知疲倦。就算有些誓言暂时不能兑现，它们流露的腼腆，也足以让人相信，它们来自天边，愿意接受考验，就是为了迎接传说中的花好月圆。

光亮之中，最幸福的当然是露水。它们与花草同时出生，却似乎更幸运地进入轮回，它们刚刚成形就获得了某种机缘，并迅速地修道成仙，然后消失在眼前。它们轮回的界限，只有薄薄的一线天。

很难不令人留恋。大雾跟前,并非所有的生活都可预见,所有的故事都定期展演,就如我只是无意闯入桃花源,没有人告知从前,也没有人指点眼前,但苍穹的下面,山一边,水一边,天地连出无数的星星点点,虽然不曾光芒耀眼,却仍旧福满人间。

黄昏葫芦鼎

雨过天晴。

立冬那天的黄昏，我来到葫芦鼎，在霞光漫漫中沿着河岸散步。

时光回暖，路上的风和缓流畅，拂面的青柳忽高忽低，河里的清涟如丝如篦。恍惚之间，竟有满满的惊喜，像春天涌动的潮汐。

搭起错乱时空的，首先是身旁的树和脚底的草。它们青翠、葱绿、成熟，如红尘中的知己。秋天的积淀给了它们足够的涵养，风风雨雨恰逢其时地为它们洗涤千里奔波的倦意，让它们看上去显得异常健康、干净，透着一股青春永驻的精气神。搭起时空错乱的，其次是那些装饰在路边的花，它们长在一些叫不出名字的树上，用紫色或粉色迷惑周围的环境，让树看起来特别帅气，特别温馨，有一种卓尔不群的雅致。它们与世无争，却异常执着，静静地开着，荡漾出舍我其谁的芳菲。

地上，薄如蝉翼的花瓣落了一地，但没有人知道它们究竟是何时落下的。它们被想象成一种冬天独有的缤纷，在正慢慢向黄色潜入的草地上画出各种奇怪的环，沿着道路伸展，似乎没有终点。

黄昏靠近天涯。七彩的祥云在水天一色的江面起起落落，带着暖暖的霞光。渐渐沉落的夕晖像一种深度的呼吸，很舒服地融入城市和远方的山水，让它们拥有健康饱和的心跳；而那些在城区道路上游走的车流和人流则转瞬即逝，带着一股股暖风，虽无丰收的喜庆与轻松，却有功德圆满、苦尽甘来的快意与从容。

桥卧在水中，影子确实如虹。它连通的土地完全空洞，仿佛从一种虚幻延伸到另一种虚幻，一些在建的工地不知因何停工，工棚已渐渐隐身于草丛。

不知是雨后还是心情的缘故，我的心身不张扬也不躁动。城市的喧嚣近在咫尺，也远在天边。我进入一种化境——没有春花秋月和家长里短，只有清新雅洁与吉祥安康，朴素中带着光辉，笃实中充盈和美。

脚下的草以及土地都很柔软，似乎隐藏着生命的张力与弹性。流动的风很平静，像团圆时我们渴望的亲情。在这水岸交会的地方，始终驻扎着一种魂灵，它们时隐时现，沉沉稳稳，围绕在我四周，让我行走时神情淡定，无烟无尘，静静地融入河岸的风景。

灯是在我渐行渐远的身后燃起的，它们来自人间，但却像银河，像天国中的花朵。

它们闪烁的地方，永恒流淌的依然是这座城市的母亲河。

我愿意留守的田园

可以浪漫，但不能让田园荒芜；可以没有山珍海味，但不应断了杂粮五谷。

生来就是凡夫俗子，需要靠努力维持生计。家境贫寒，不是你造就的事实；大富大贵，也不是你自然习得的归宿。生命的来和去没有选择，只有无可回避。智慧的人学会用降低要求的方式面对生活的压力，在残酷的现实里尽量回避残酷：不是自己的东西不争，与自己无关的事物远离，热闹的地方少去；不智慧的人每天与梦形影不离，朴素的事情不做，高傲的野心放纵，吆五喝六的朋友成群，真诚的友谊归零。

我生来就是一个本分的庄稼人，往来的故交大多也都老实本分。我们以种地为生，对庄稼和土地的感情如同对待爹娘。我们的生活没有太多新鲜的话题，说得最多，聊得最开心的，是年成的悲喜，田间和院落里瓜果的长势，谁家的孩子乖巧，哪户棚子里的果蔬和牲畜卖相不好……如果某一天谁从市场带来丰收的喜讯，整个村子会热闹如同过年。

这些年气候诡异，或旱或涝没有征兆和规律。跟不上天气变化的节拍消耗了我们太多的努力。收成一年不如一年，能果腹的东西不再保有自然的清甜。许多人经受不住外面世界的蛊惑，最终选择了背井离乡和漂泊。

我一直做不出如此毅然决然的决定。一来因为这里是家园,是我一直热爱着的土地,我的祖先不远万里到这里拓荒,积累在山上的墓碑已连成风景线;二来这里的每一座山,每一条沟壑都写有我的生活,满山遍野的鲜花和野果充实着我每一年来来去去的梦,我在山中,无论劳作还是流连,都已习得了习惯成自然的情商。

通常,山花总那么娇艳,阳光穿过山花时带起的那些热烈,透着浓郁的芬芳。这里没有明显的四季。记忆里,只有小溪边的花草一天天不停地变换色彩,像即将出嫁的姑娘试穿漂亮的衣裳。

周围的鸟儿很多。不停唱着曲子的虫儿也很多。虽然听不懂它们表达的情意,却能感受到它们发自内心的快乐。它们把幸福安放在枝条或草地上,任它们自然地生根、舒展,拥有阳光或风雨的缘分。它们衔来的甜蜜与富足落满山坡,让山也精神,水也精神,让青山秀水不再是遥远的梦,而是现实中活生生的面孔和让人心平气和的感动。

我的家族已经在这里繁衍了许多年。先人们经营不出惊天动地的伟业,也演绎不出轰轰烈烈的爱情,但他们对脚下土地的感情绝对可以用从一而终来形容。他们相信,人是大地的孩子,应该与大地不离不弃,只要守着这份厚爱,就能正常地传承血脉。正是他们的执着,直接影响了我对平凡生活的执着。

我知道,仰仗土地为生,可能要接受平淡甚至穷困一生的后果,但我已为此做足了准备。我学陶渊明的样子在南山上种了豆,学杜甫的样子朝西山开了窗,我还让蜘蛛在我的老房子里自由结网，让燕子在我的屋檐下安心筑巢，我那片宽大的鱼塘足够养一千只鸳鸯……

这是我愿意留守的田园。虽然流年不利，但起码，在我需要归去来兮的时候，能在那里找到我心目中的桃花源。

我现在居住的地方

我现在居住的地方，是一片偌大的园林。

有山，有水，有卧波的虹桥。所有起伏的山坡，全都围绕一汪湖水。呈S形的湖面，一年四季碧波荡漾，流光八面。给这一片天地带来清亮的，除了湖中的睡莲、水里悠闲自在的游鱼，还有湖岸边青涩的柳，以及柳树旁漫无边际的兰花和绿萝。

竹林和古木临湖而居。它们的年纪相当于历史和记忆。它们的修为也堪称神奇和大气。那些簇拥在它们身前身后的花木，因为有了庇护，所以特别富足。不仅欣欣向荣，而且清幽雅致，使眼前的这片湖光山色花红柳绿、春华秋实。它们厚实而且繁茂，在富饶笃实的同时，也影动天下，映衬得蓝天白云灵动缥缈，红花绿叶素裹浓妆，即便涉世未深，也能风华绝代。一些形态各异的回廊与凉亭依着湖岸修筑，或圆或方，有短有长。它们依山水而造势，汇流光而成形，时而逶迤草边，时而躲藏林间，或黄或紫的颜色，庄重威严，仿佛镌刻"此山为我生，此水为我开"的霸气。

园区内的地形，顺着水的走势起起伏伏，因而无一例外都得到了坡的美名。从一坡到九坡，各坡有各坡的属性。一坡有古松，二坡有香樟，三坡是热带雨林，四坡开紫荆，五坡植木棉，六坡七坡种芒果，八坡榕树遮天，九坡的地面弥漫荔枝！

跳开这些传统植物的视线，绵延的花卉和护路的植株也特别养眼。花有桃花、桂花、紫荆花、玉兰花、月季花；植株最常见的是冬青和夹竹桃。

繁茂使一切尽显富饶。植被形成浓荫，花香成就流畅。空气的清新与环境的安宁相得益彰。小路迂曲，放眼满园春色；曲径通幽，人间万紫千红。落虹桥上，柳叶翻新；伏波晚亭，碧莲娉婷。如茵芳草绣出江南春意，片片幽林集聚人杰地灵。小鸟在树下觅食，旁若无人，它们与天地的距离仅有尺寸之遥。树下落英缤纷，行人游踪三三两两；湖边孤鸿雁影，伊人与彼岸花悠然独对。若是人声鼎沸，则是三五成群的追风少年爱上周公的蝴蝶或故乡的圆月！迂曲回还的石阶穿越密林，听得见风声、雨声，也闻得到花香、鸟鸣。草本植物的气场很足，它们几乎覆盖了所有的泥土；藤类植物的心气很高，它们成功地攀爬到了有阳光的高度。

湖边有很多相思树，它们应该是这里最受人尊敬的家族。它们根深叶茂，肤色已接近骸骨，却依然本色不减当年。密密麻麻的相思红绰约着，映衬这里年年相似的雨后彩虹。

每天，每月，每年，很多人到这里修身养性。有的慕名，有的随心，也有的是实在放不下眼下的功名。不过，无论如何，这里水的清静、树的安宁、日出日落的波澜不惊，都让他们找回了些许静气安神的热情和学习放下的决心。

我有幸常住这里。

每天早晨，我都是在鸟的鸣叫声中清醒，听着蛙的抒情洗漱更衣，在吃早餐之前，有半个小时的时间在阳台上看风景。我看见雾气和水汽在林间升起，看见菩提树肥大的叶子挂着夜露，充满精气神，看见湖水柔波阵阵，看见蜻蜓飞过窗棂，看见一群小鱼游向风雨桥的阴影，看见柳树下若有所思的女孩凝望草尖上的黎明……

我不是神仙，但确实就住在这里。

古 村

古村深埋山中，绵延在一带婉约的秋水旁。

古村最醒目的标识，是古巷、古宅、古旧的家用。

一弯亘古不变的新月悬停在夜空当中，让古村的岁月似乎与秋天和月亮的圆缺形成关联。

月亮初升永远来自山谷。当那轮或圆或弯的月亮从山谷爬起来的时候，秋天似乎早就守候在跟前。

云霞也似乎总喜欢在西天沉落，每每那个时候，旷野总是空无一人，一只鹰把自己变成神灵，不知疲倦地盘旋在天地中央，似乎它为这个愿望已经盼望了好多年。

年轻使暮色显得极不确定。它时常裹着冷风而来，凉凉地吹进青山、绿林，吹开田野中的稻香，也吹散渐渐聚拢的炊烟。村庄在喧闹和嘈杂之后陷入一种安静，细碎中显出混沌，摇曳出深藏不露的苍茫。

灯，星星点点，迂回在幽曲的古道上。石板路的青光且明且暗，辐射出一种幽冷的白光，穿过黄墙，穿过碧瓦，也穿过那一条躲藏在岁月背后的幽深小巷。它们盘成的图形，像南天门外的群星，也像王母娘娘家庭院中的风景。

村旁有几方藕塘，幽黑使其沧桑的岁月痕迹清晰可辨。藕塘里的藕早已被人挖空，在月光下只留下泥水的清白。那黝黑的泥土裸露在浅水环绕的地方，不高不低地像一种感伤，绵延在风华已逝的时光里。

村庄庄严古朴，不时能闻到紫檀的木香。并不宏大的错落，因为人稀，显得格外空旷。没有开门、关门的咿呀声，偶然听到的几声狗吠，是它最写意的品位，它让人多少能记忆起"狗吠深巷中，鸡鸣桑树颠"之类的诗句。

在外婆住过的旧屋子里，我找到了一台纺车，一本《朱子家训》和一个已经很残旧的针线盒。外婆的遗像前，一盏油灯已经不灭地点燃了二十一年。

晚风很冷，似乎能穿透脊梁；旧屋很暗，似乎一直停留在过往。透过窗棂，我看到窗外我曾经游戏过的池塘，虽然还涌动着水的亮光，但似乎已小得没有了往时的气派。而那棵我儿时攀爬过的龙眼树已经枯死，剩下一些骨干与虬枝，尖锐、刚劲，很像武士的身躯。夜色使它们变得昏暗，昏暗使它们展露狰狞。

我在月光下遍游古村，我的脚步，我的身影如同梦境。月光在开开合合的树的缝隙中铺成一条镶满花朵的小道，让每一次迈步都轻盈、神圣，有如嫦娥飞仙，也像福星高照。

当月亮直立天顶，它的光辉渐渐柔和，我披了件风衣登上旧屋背后的山顶。明灭的云烟带着一种精神，让我顷刻入定，仿佛注入了这古村中藏着的灵魂。

窗外的似水流年

小鸟的叫声很清脆。它们响起时,天已大亮,而我还在床上。

秋风里的晨阳像一个卧薪尝胆的大火球,它抬起,然后在离地面很近的地方浮沉。工地的塔吊伸出臂膀,用骨感、刚劲的力量去打捞它,像一艘舶船用一种执着去牵引一颗燃烧着的卫星,让它保持航线的不偏不倚。

薄雾轻霭,如匍如匐。它们沿袭着黑夜与白天胶着的形态,起起落落,也分分合合,时而在天边盘成云朵,时而在晨曦中露出沉思的端倪,影影绰绰的,像秋天欲走还留时流露的那一缕惺忪,也像梦临行前风生水起的驿动。

因为温润,所以辉光不知从何处来,它们和太阳蛋黄似的质地相得益彰,调和出一种氤氲,红、黄、白相互交错,显示出壮阔与无师自通的磊落胸襟。

不强不弱,温度舒适而且很有深度。它们柔柔地拥抱远近的城市和乡村,像海浪拥抱沙滩,也像青年人拥抱偶像和青春。风和光线从我住的房间的窗外笔直掠过,带着云淡风轻,也带着一往情深,以至于我看到连着山顶的路时,心里顿时感觉亮堂而且宽广。马路上已有不少行人,他们细如涟漪,行如游丝,在进出我的视线时很像一种化解不开的缘。

因为有玻璃隔着,我并没有感受到晨风的冷暖,但火球与光的触摸仍使我满心欢喜,像旱季忽然遭遇一阵及时的雨。

云仿佛很妒忌我的心意,它总是从有水的地方缓缓升起,有意无意将我与光的世界剥离。它攀爬、提升,在经过无数次努力之后,终于在与山腰齐高的地方成功将阳光拦截,并形成断面,高处缀银镶玉,低处涂抹粉脂,"妆"出隔墙有耳的感觉,让我屏神静气,不敢轻举妄动。

此时,天地并未完全苏醒,一片柔和的白光罩着树与土的青黄,让它们在黎明中盛装出场,逶迤成良辰美景的形象。

或远或近,陈列着一些工地。在那依然被雾包裹着的世界里,一些声音破空而来,沉闷、浑厚,像车轮轧过铁轨上的螺钉。路上,尘土带着沉重的湿气飞扬。车流在它们的身上碾过,速度很慢,但非常澎湃。它们奔赴不同的战场和桥梁,仿佛战火已经燃到了娘子关。而那些它们始发的营地就像支援前线的城池,用坚挺的信仰,支撑苦尽甘来的革新。

我斜靠在飘窗边,静静感应窗外的纷纭。眼前的一切扑面而来,并未着急离开。它们像生命着床、开花,在涌动的情怀背后,呈现出有纹饰的波涛,仿若幽灵,也似凡心,时而走走停停,时而渐渐合拢,在漫不经心中拿捏出各式各样的妆容,与时间水一样流动,与日子花瓣一样繁荣。

此刻,我忽然明白,每天我之所以不愿意早早地从床上爬起来,是因为我在睁开眼的瞬间,就能轻松看到窗外的似水流年。

大纵湖湿地公园

湖水在这里蜿蜒。

在晴好的南风天，江南的秀美和那些七竖八横的水道连接在一起，不管是天意还是人意，它们的气派都堪称豪迈。这片绵绵延延的水的世界，因为秋高气爽，所有属于江南水乡的韵味，包括日丽风和、物华天宝、人杰地灵等情怀都一一被挖掘出来，成为只要有水，便可以活出境界的世界典范。

芦苇是这里的土著，它们依水而生，有着脱胎换骨的灵性。它们的成长，葱茏、曲折，而且悠长。沿着水路的去向，风代表着它们的征途和过往，有时显得繁茂，有时显得空无，但无一例外地都展示出义薄云天和明亮的复苏。此时，正值芦花开放时节，那宝石蓝与珍珠白合作出混搭却优雅的悬挂，让珠光宝气的奢华瞬间弥漫开来，非常轻盈流畅地装点在一直稠密的翠绿上，就好像给草原点亮了一片盈实的灯火，不仅灵动飘逸，而且真心实意。

顺着风的方向，这些漂亮的芦花一波一波地涌动在眼前，时而连缀成密集的浪花，时而又平顺如花朵上的珠露，它们在整齐划一的纹理中自由自在地游向远方和天空。而在它们更远的前方，是一大片青绿的稻田，粗壮的禾苗蓬勃生长，努力把自己浓缩在巨幅的油画里，用深沉的绿收藏起自己的影踪，让人觉得它们就算是不成熟，也能将世界打扮得无比华丽，叫人无法不怀念和啧啧称奇。

沿着水道，我们乘着游船在芦苇的缝隙中穿行。天很高，芦苇的暗影一路跟随。一群群黑脊背的鱼就出没在船的前后，似乎是在伴游，也似乎是在与船争先后。它们有时会被同伴或桨声惊吓，冷不丁地跳出水面，或在船的下方犁出很深的水线，让人觉得这片天地就是它们的缘，不想逃离，也不容忽略，所以只能随性地分享并坦然地接受。

世界如同芦花或彩霞，洋溢着现实和虚幻的深浅。

兴许是刚刚下过雨的缘故，湖水有些微黄，泛着肉色般的亮光，让人感觉柔软而有弹性。这多出来的一点微黄色调，并不掺杂其他的成分，干净、本分，而且很合时宜地与这里的芦苇、草、天空融合在一起，呈现出天作之合的气质。午后的阳光不失时机地直射到水面上来，让水显得尤其明亮，很像添加了某种特别贵重的金属。

因为不是节假日，来这里游玩的人并不多，在将近十里的水道上，我们只遇见了四五只游船。而且每只游船上的人员都不太多，年纪有老有少，很容易判断出多半来自同一个家庭，正如我们这一家子一样。

我母亲第一次在离家这么远的地方游湖，显然非常开心，她原先一直要求坐在船尾，后来主动要调到船头来，她看水、看鱼、看芦花的神情一点也不显得吃惊。在游船行进的过程中，我看到我儿子的手一直紧紧地抓着他奶奶的手，让我觉得儿子确实已经长大。

在湖面较为宽阔的地方，菱角和睡莲成为主角。它们成群成片，似乎一直努力营造别样的福地洞天。睡莲似乎已过了花季，所以并没有看到任何花影，但它们深褐色的叶子却非常坚挺，用一种入定的精神铺排在水面上，有密有疏、有大有小，看起来颇为刚强。而菱角似乎正是成熟期，叶子已经开始枯黄，我顺手捞了一挂，看见它的果实长得密密麻麻，而且个头很大，非常饱满。因为是公园，不能采摘，所以最后只能把它们重新放回水面，虽然心中颇有些不舍。

在水道的外围，只要没有芦苇围挡的地方都会绵延出大片沼泽似的滩涂，蒲苇、蒿丛隔三岔五地落在其中，让水域断断续续，让视野犹如迷宫。在阳光的影子下，不时能看到鹭鸶和鸳鸯出没，不管是形单影只，还是成双成对，都衬着记忆中草长莺飞的画风。

湖中心有一个十亩大小的人工岛，作为游客集散中心。岛上开着几家饭店。店里卖的食物全都来自湖里，鱼、虾、蟹、藕、菱角、芦笋应有尽有，而且味道可口、价钱公道。岛旁边还有一个专门为小孩建造的水上乐园，游玩项目有水上碰碰船、高台滑水、水面弹跳、溜索过桥等，几个家长正带着自家孩子在那里玩得不亦乐乎。

接近傍晚，湖面起了风，我们沿路返回，却在途中迷了路，不知不觉在一个岔道上绕了三回，后来依靠一张水边的导航图才摆脱困境。

回到岸上时，远方的城里，灯火已经燎原。

海边月下

月亮高悬。露台上的摇椅微凉。远处的灯火忽明忽灭。

秋末,所有的风景似乎都了却了尘缘——世界安静,生命入定,寰宇如同波心,洄游着岁月深入浅出的光晕。

无论是皇天,还是后土,这个时候都很难再听到鸟鸣,当然更无法看到虫儿飞翔的身影。

海景房坐落在陆地与海洋之间,中间隔着一片银白色的沙滩。这是时空送给我最好的礼物,它让我隔着浅色的窗户就能看到深色的海洋。

风,此刻就躲在远处的黑暗里,像一匹吃饱喝足的骏马。它特别温顺,自由地在草原上踱步,似乎已经把与驰骋疆场有关的想法忘得一干二净,它心中拥有的只有水草丰美和被幸福规划的平凡日子的圆满。

没有海螺的声音,海显得无比深邃。夜无边无际,浪的涌动不仅轻柔,而且体贴入微。偶然的一丝微风,让平静的海湾潜伏着一种意境,特别温润,特别轻盈,也特别安宁,还带着一丝海鲜的滋味。

天,显然很高,开阔让它变得特别辽远。几颗星星在离天际不远的地方停歇,很对称,也很分明,像是正在值班的岗亭。月儿初起,虽然不是很明亮,但圆润而清新,淡淡地发出微微的蓝光，像草尖上的露珠。在月光流动的地方，秋凝练而饱满，如同珠玉摆放在绸缎上。

海和天的颜色相同。平和与安静生出一些柔婉的变化，或浮成云，或轻轻缠绕那些不知从何而来的白光，柔弱、婉转、去意回还，很像游戏中续命的能量。

月色很是撩人。它们把月下的海棠雕琢成花，并演绎出许多不老的故事或传说，比如幺蛾子，比如黑凤凰……它们被惬意地安置在朦胧的氛围里，露出笑和温存，仿佛为爱风韵犹存。因为湿气很重，稀稀的雾与渐渐落下的露水形成交集，使天地迷离出一种境界——光滑、精致、无微不至，美丽而且慢条斯理。

露台是一方天地，守护着前方的月明星稀。靠着一把摇椅，我慢慢平息——随远方的灯火，随春去秋来，随人间盛世，随夜半霜寒……

凡美丽到达的地方，与生命相关的事物都盛况空前！我看到了村庄，看到了麦浪，看到了海树，看到了远远的帆，也看到了依稀灯火里那些走走停停的灵肉与身影，它们在光亮中生存，在黑暗中老去。

偶尔，我也看到时间，它似乎很贫穷，它在路过黑夜时曾伸出长长的手与脚，试图一边去够陆地，一边去够海洋，但它的努力并没有取得理想的结果，它的命运同样一半属于陆地，一半属于海洋。

当海潮生起的时候，我稍稍走了一下神，就再也没能留住朴素的月光。

更望湖

更望湖,荞麦花开了。

在离家很远的地方,在南宁市隆安县南圩镇四联村旧旺屯和帮宁村新旺屯,在这个被人称为"雨季的天湖""春季的麦场""夏季的牧场"的小小山区里,秋天之后,竟然迎来荞麦扬花的世界。比起传说中的"春水荡漾""山光斜阳""花美草香",虽然没有多出更富有的千姿百态,但当那细碎的白、淡雅的青、简洁的明亮铺天盖地映入眼帘的时候,你的心情仍然可以用抑制不住的惊奇与欣喜来形容。

一个,或者说许多个不知能不能叫湖的湖在这里安定,串连成奇迹,不知从何处来,也不知为何消逝,它们坐落在群山环绕之中,被周围低低矮矮的灌木丛包围,与石头、土丘、野花、小草和连片的荞麦相依相恋,孕育出一段天地奇缘。因为颜色,因为水,因为魔幻般的走向,又被分割出诸多的疑惑——找不到源头,分不清首尾,打听不到哪儿可以渔猎,放心不下哪儿合适逍遥……这片独特的原野,青者自青,黄者自黄,白者自白,仿佛沿袭了生命中最诚实的基因,一经展示,就将层次交换成了诱人的风景,让它茁壮,让它成熟,并最终定格定性,于秋冬交界处徐徐复苏。

瑰丽是一种气场。这片以浅白色为基调的海洋,除了齐整的花、流线型的绿、纵横交错的赤橙与金黄,能够让人浮想联翩的还有它浓浓郁郁的馨香——有着成熟果实的味道、弥漫空气清洁的芬芳、饱含植物健康的营养，还附带清晨阳光的奶香。

八九点钟的时候，太阳来到东山山头。阳光很和煦，有如好梦刚醒的温柔，幸福地在四周连绵的山峦上披上轻纱和一些浅浅的雾。在半透半明的温度里，荞麦与土地紧紧黏合，形成古朴的境界，线条明晰、色彩美丽，从脚下一直绵延至远方。远方的群山接续着这种温馨淡雅的魂魄，并把它与天空相连，从而使周围的世界变得既像江南人家的院落，又像天国里的花园。

阳光妩媚，空气清新。天空中没有蜻蜓，也没有蝴蝶飞翔，一些勤奋的蜜蜂背着阳光在花间起降，安乐于自食其力的匆忙。在湖的中心，残留有约半亩的水域，水形很圆，像一轮饱满的月亮，清澈而且透明。它隐在荞麦的风情里，像一颗巨大的蓝宝石。

风，从远处来，很轻柔，也很烂漫，时高时低，或抑或扬，带着晚秋特有的浏亮。几只散养的黄牛在麦田旁边的草地里吃草、摇头、甩尾，神情淡定地融入这里的风景。

虽是周末，可能是因为偏远的缘故，这里的游人并不多，他们三三两两，有的在花海里穿梭，有的在湖边的树下烧烤。一个孩子不加任何设防地在草地上与小狗打闹。天上挂着的，是几只色彩明亮的巨型风筝，它们只管飞翔，并没有与地上的任何事物争执天堂。

因为有薄薄的雾，天没有预想中的蓝，但同样显得深邃，让人心情舒畅。

曾经听说过野百合也有春天，如今，在更望湖，我不关心时间的界限，不关心谁更爱明天，只相信确实有传说中的世外桃源。

花了一整天的时间，我在这里踱步、流连；花了一整天的时间，我回到人间，成为放牧的少年。

忽然觉得，这里不是远方，而是承载了我多年梦想的故乡！

别人的风景

曾经，这里没有水，也没有水鸟，传说中鸟的天堂离这里应该有万里之遥。

我的故乡——右江边上的一个小村庄，每年一月到五月，河流就会发大水。大水从天上来，从山坳中来，也从封堵不住的别人家的鱼塘、水坝中来，它们似乎没费什么精神就能将原本细细瘦瘦的一条河饲养成一条凶猛的巨龙。河水上涨的时候，伴随洪水而来的泥沙同时也把大河搅成黄褐色。这种颜色非常古怪，看似特别浑浊、肮脏，让人感觉有失健康，但与没有洪水之前的水体相比，却明显干净了许多。

河水漫上河堤的时候，我看到世界的很多东西都在发愁，包括伫立河岸的树、盘踞河边的青草，也包括住在船上的渔夫和他已经不再上学的儿子。不过，有一种动物却显得特别高兴，它们是身长腿长脖子长的鹭鸶。

在我的印象中，鹭鸶喜欢这么大的水，似乎也只是最近两年的事情。小的时候，我也常看见鹭鸶，它们偶尔会出现在刚刚播种的稻田里，将身子埋进绿色的秧苗间，零零星星的，据说全是为了找吃的，同时不希望有人看清它们的脸。它们无一例外都长得非常瘦，一看就知道在外流浪了很久。它们早出晚归，却并没有人知道它们把家安顿在哪里。我小时候也不喜欢这种水鸟，因为父亲跟我说过，这种鸟吃肉，味道特别腥臭。

因为家乡周围全是树林，所以我有机会经常看到各式各样的鸟，比如小一点的鹧鸪、斑鸠、喜鹊、画眉什么的；大一点的有老鹰和猫头鹰等。因为鸟儿很多，鹭鸶显得非常一般，所以不会特别去留意。但这种现象到后来发生了改变，主要是大家种田开始用化肥和农药，种果开始在果地边张网，给果子套袋，再后来我们那里开始一年比一年缺水，水田经常到清明都开不了犁，大伙害怕耽误农时，只好将水田改成旱地。从此，鸟儿就莫名其妙地少了。

以前，我对这些事情并不上心，因为家里穷，经常缺吃缺穿，每天最揪心的事情，是如何哄住又哭又闹的弟弟妹妹，那时候当然也就没有心情去顾及与吃穿无关的事情。记得父亲曾经跟我诉说过他的一个愿望，好像是希望能在院子里挖出一口井来，然后在井边种上一两棵果树，每天能听到小鸟在树上歌唱。这个愿望现在看起来太大，父亲直至离开人世，也没能了了这份心愿。

不久之前，离家乡不远的地方修筑了一个大坝，右江和右江上游的支流的水位都涨起来了。水的入侵，使原本的许多洼地变成了沼泽，而且很快复活起来，它们长成了流域中的湿地，现出化育万物的端倪。

村庄外面原来干涸多年的水塘，仿佛一夜之间有了灵气，在边上绵延出野花遍地。很多水鸟忽然造访，这里成了水鸟的天堂。

村里有一点年岁的老人说，这情形好像在一九五八年之前有过，想起来还是有点令人生疑。

我并不特别喜欢怀旧，但人们把上辈子的事情说得如此动情，还是颇令人记忆犹新，说明一些印象确实可以长久地驻扎在心灵，就像我很小的时候曾经见过野猪林，至今路过依然觉得步步惊心。

有将近二十年的时间，我的记忆一直不太清醒，周围有很多杂音，它们串连成一部电影，以水田变成旱地开始演出剧情，然后是人们为了赚钱，在山坡上种植了大量的速生桉。当桉树长得如火如荼的时候，我们都嵌进了一种情境——鸟飞走了，天空不再有神鹰，即使偶尔有蜻蜓，它们也是匆匆过客的表情。有一天，我听见风声，仅仅因为阳光瘦得翻不了身。

一只老鼠过去只有在过年的时候才会弄出欢欣鼓舞的动静，可今年，在大旱来临之前，它们跳出森林，开始四处寻找救星。

河里开始没有水，天上开始不下雨，一些云害怕失去温柔的个性，不再在灰色的山顶宿营，一只可爱的小松鼠，为了爱情，悄悄剪掉了自己贪吃贪睡的习性。

有好长一段时间，似乎很少有人注意到村子和各种生命正渐渐远离安宁。

不过现在好了，浅江上有了大坝，堤坝成了这段江河现在的神。

水涨高了，河流也清澈了不少。河面上有了渔歌，人们不再单调地唱"我低头，向山沟，追逐流逝的岁月……"

在治理河道的同时，人们开始铲除桉树，照着美景的样子让环境复苏，于是洼地有了水的滋养，水里来了龙王，小鸟重新回到故乡。

于是，我看到了丰盈的水域，那儿成为水鸟的天堂，成群结队的鹭鸶在那里繁忙，应对新生活的各种兴旺，它们亲切、笃定，像阳光一样平静、贴心，有时也像光明，努力向未来发出邀请，将环境视为生命中最值得信赖的友情。

从此，我每天早上起来，都会自觉不自觉地走进这风景，看云、看天、看水鸟们日常的修行，我在观赏的过程中也慢慢成为别人的风景。

大明山

大明山地处广西南宁的北部，距离市区有七十六公里。由于北回归线从这里穿过，这里的山形、地貌得以在热带、亚热带的气候中形成，因而养成了既柔美又坚忍的品质，并最终成为北回归线上的明珠。

这里原始森林茂密，峡谷和悬崖峭壁绵延不绝，不仅山高林幽、风光旖旎，而且动植物资源异常丰富，是典型的绿色自然宝库。

瀑布是大明山最波澜壮阔的景观。因为得益于植被的涵养和丰沛的降雨，以及山区特有的地形，在大明山自然保护区内，大大小小的瀑布多达一百零八条，它们或高挂于悬崖绝壁，或倚靠在河流的断层中间，以各异的形态与灵动的激荡出没在绿野中，释放出奇光幻影、铁血丹心，让周围的环境和声音有时如电闪雷鸣，有时如石破天惊。在众多的瀑布中，落差最大的是龙尾瀑布。当高达一百三十六米的水幕从天而降的时候，远远望去，我们能感受到的不仅是九曲银河落九天，而且是江山多豪迈，此间有蓬莱！而瀑布之中最激越壮观的，却是金龟瀑布。虽然它落差只有六十多米，但从鬼斧神工的山坳中直泻而下，那豁然开朗、一去不还的气势与威力着实让人感到震惊，既像晴天霹雳，也像摧枯拉朽，令人不由得想起飓风来临时连绵不绝的怒涛和海啸。而更奇妙的是，它的构造极为特别，从侧面看，它只有一级，仿佛开挂的水坝突然撑开，万千水系飞流直下，引得地动山摇、势不可当；而从正面看，它却有两级，形成阶梯似的连绵，水势由高而低，宽厚、笃实，仿佛有节奏的冰柱筑成伟岸与豪放的座椅，安放在江湖，虚位等待自己的旧主。游人站在谷底仰望，只见瀑布接续蓝天，水落风起，珠花四溅，无不怀疑自己是否到了花果山水帘洞。

好客松是大明山的另一张名片，它们真正的学名叫大明山松。大明山松是大明山里分布最广、数量最多的树种之一，它们或集中或分散地错落在绵延的大山中间，因为众多而为人熟知，因为古老而让人记忆。其中让游客印象最深刻的，是距天坪约两公里的养生之旅终点处的那几株。它们伫立在金龟瀑布对面的悬崖边上，因年岁已高而显得格外苍劲，不仅枝叶繁茂、气势如虹，它们舒展着的枝条同样刚劲有力，好像好客的主人在张开双臂，热情欢迎游客们光临。

大明山多奇珍异卉，最知名的树种是化石铁杉。铁杉与化石相联系，说明它的古老与宝贵。它的真正学名叫长苞铁杉，是我国特有的硬木树种，因生长速度缓慢，数量少，被列为国家重点保护植物。

神女披纱也是游人津津乐道的大明山景观之一。它是橄榄大峡谷左侧悬崖上的一个小山峰，因形态极像仙女，每天亭亭玉立于缥缈的云雾中，仿佛披纱的神女从天而降而得名。

当然，受人青睐的，还有大明山的不老松。不老松除了常年青绿，永远充满生机活力外，更重要的是它们都生长在悬崖峭壁上，它们的枝条明显比主干长，它们凌空探出崖外，树枝朝下，叶子朝上，枝条弯曲成弧，远远望去，如同与阔别多年的老友重逢，忍不住要给对方一个热烈温情的拥抱。

游龙母大峡谷是每一位到大明山游玩的人极其向往的体验。峡谷全长达十公里。这里峡深谷幽，草木纵横，峡谷两边峰谷交错、怪石嶙峋，石柱、奇峰屹立，气度非凡；谷内道路曲折狭窄，时而在枯藤老树中穿越，时而在岩石中攀缘；而幽深之处常常山涧淙淙、鸟鸣清脆。林木遮天蔽日的地方，昏天黑地；花草密布的地方，风光旖旎。峡谷的风貌东西各不相同，在东部绵延不尽的，是原始森林，那里层峦叠嶂，花落无痕，人迹罕至；而峡谷的西部则毗邻人烟，人们种植了大量的八角树、马尾松等经济林，因为规模巨大、保护完好，同样林海茫茫、苍翠欲滴，宛如一幅巨大的天然山水画卷。

游人到大明山来，一方面是仰慕它的钟灵毓秀，这种钟灵毓秀本质上的清幽能让人放下心头的纷扰，从而活成真实的自己；另一方面则是为了感受大自然的神奇，在这里，所有的沧海桑田就仿佛自家庭院，人世间再伟大的变迁也不过似水如烟。相比于大自然的开阔与惊艳，我们所谓的成功与繁荣，仅仅是一个平淡无奇的梦。

柳侯公园

柳侯公园在柳州市旧城，始建于清朝末年。公园内最负盛名的景致有柳侯祠、柳宗元衣冠墓、罗池、柑香亭等，都与唐人柳宗元的生平事迹有或深或浅的关联。

柳侯祠，原名罗池庙，位于柳侯公园的西隅，是为纪念柳宗元而建造的，而罗池则是衣冠墓和祠堂外围的一泓碧水。这泓澄澈明净的碧水环绕在这里，不仅给这里的山石、建筑带来了灵气，而且给周围的古木繁花注入了灵魂，呈现出一种水环林幽、洁雅净逸的空明意境。这种神奇在有月亮的夜晚体现得尤为清晰。每当月亮爬升到东台山的上空，月儿与云霞倒影在罗池水面，传唱中的"天上一个月亮，水里一个月亮，天上的月亮在水里，水里的月亮在天上"的奇观便莅临人间，化成柳州人引以为豪的八景之一"罗池夜月"。而关于罗池原来只是柳州城北的一泓野水，因柳宗元谪居柳州时常在此散步，死后又托梦给生前部属欧阳翼说要把自己的庙建在罗池旁的传说，更使得罗池名声大噪。明代大旅行家徐霞客来游柳州时，就专程访问过罗池。

柳侯祠就坐落在幽曲的罗池小径深处。该祠始建于唐代，后来多次损毁，于清代又重建，如今祠堂大门上的题字是郭沫若先生的手笔，而门联则是清代杨翰书写的唐代韩愈诗句："山水来归黄蕉丹荔，春秋报事福我寿民。"祠堂的构造为红柱丹梁的三进古屋。第一进汇集了明清以来的三十余块石刻，壁间悬挂柳宗元生平资料及后代文人的书画作品，品类琳琅满目，皆为美不胜收的名篇佳作。中厅有一座元代雕刻的柳宗元石刻像，在刻像旁的数十块石刻中，"荔子碑"最为著名。其碑文摘自韩愈《柳州罗池庙碑》的《迎享送神诗》，诗中盛赞柳侯文品人品，足以与神比肩。字为宋代苏轼亲笔。唐宋三大文豪的文采神韵凝于一碑，所以人们称之为"韩诗苏书柳事碑"或"三绝碑"。此外，厅里陈列着的一块"龙城石刻"也很有名，据说碑上的字体乃柳宗元手迹。史料称，此碑出土于明代天启三年（1623），当时一起被挖出来的还有一把短剑，所以人们又叫它"剑铭碑"。祠的第三进是正殿，中央端坐着柳宗元的塑像，他头戴褐色幞头，身着唐朝官服，正手执狼毫，似在凝神准备书写。

柳宗元的衣冠墓则在祠后东侧。相传当年柳宗元逝世后，遗骸运回长安，柳州人为了感怀这位有恩于柳州的父母官，便在他灵柩停放的地方葬下他的衣冠作墓来纪念他，而今这里已是古柏苍翠、肃穆庄严。

在柳侯祠左面，隔着罗池有一座六角长亭，叫柑香亭。当年，柳宗元为了发展经济、改善当地人的生活，曾在这里试种黄柑，并写有《柳州城西北隅种柑树》广为流传，后人修建此亭以示怀念。它碧瓦红柱、脊吻飞翘、窗格精细、花饰俊美，掩映于桂花丛中，古朴中带典雅，雍容中见清丽，与眼前的风光融为一体，是典型的江南楼阁神韵。

关于柳宗元和柳州，可以说道的故事不胜枚举。当年，柳宗元到柳州当刺史，应该说是他人生中的一段"惨途"。不过即便在他心情极度失落的环境下，他仍然以读书人修身、齐家、治国、平天下的胸怀，以他文人骨子里的儒雅之气为柳州的百姓做了不少实事，比如修路搭桥，比如访贫问寒，比如在瘟疫盛行的时候深入民间求医问药……

柳侯公园集约地记载了柳宗元的许多传奇，虽然没有像他的诗文那样让人感觉底蕴绵长或豪气云天，但却因为真实同样让人感慨万千。

走进柳侯公园，走进这个与当下许多规模宏大的公园比起来显得相对狭小的市中心园林，心无旁骛地在林间幽径漫步，参天的古木与清静的小路会让人瞬间觉得很舒服，仿佛所有人间的俗务突然被切断，只留下佛禅般的安静，出世般的平和与笃定。

游客到这里来，应该说都是仰慕了柳宗元的声名，但一旦他们进入了这片天地，就极少有人再惦记此行的目的，似乎他们不曾有过愿景，只是将自己交给时间，并在一个美丽的桃花源，做着与旧时文人仁者乐山、智者乐水同样的游戏。

柳侯公园里种有许多桃树，每年四月和十一月经常开花，有时一年一季，有时一年两季，人们说这如果不是天意，就应该是神奇。

在过去的一千多年里，在柳州这片土地，柳宗元一直像一个谜，他和这里的阳光、空气不曾分离，也不曾流逝，而是永恒地出没在古城的街巷里，并与这里的山水和人群或歌或泣，持续努力地书写着关于柳州的传奇。

青秀山

青秀山，又名青山、泰青岭，位于南宁市东南方，因林木青翠、山势秀拔而得名。

青秀山由青山岭、凤凰岭、子岭、雷劈岭等大大小小十余座山岭组成，群峰起伏，林葱木茂、岩幽壁峭、泉清石奇，滋润南宁这座城市的邕江就在山脚蜿蜒而过，山环水绕、云雾蒸腾，龙归大海的奇观又使得青秀山更具神韵，有着"山不高而秀，水不深而清"的美名，被誉为"绿城翡翠，壮乡凤凰"，是南宁市著名的AAAAA级旅游景区。

青秀山的历史相当久远。据说，早在东晋时期就有道人罗秀在泰青峰撷青崖炼丹，曾先后建有白马寺、万寿禅寺等，均毁于兵祸火灾。明代嘉靖年间，刑部主事董传策被贬到南宁，他常游青秀山，留下《青山歌》等许多诗篇。之后青秀山盛极一时，名士、僧尼陆续修建了许多景点，其中著名的有泰青远眺、山房夜月、夕阳塔影、子夜松风、江帆破浪、凉阁听泉、沙浦渔灯、餐秀观园等八大景，青秀山成为人们旅游休闲、吟诗作画、烧香祈福的理想圣地。但到了明末清初，由于几经战乱、年久失修，许多园林建筑遭受毁坏。二十世纪八十年代南宁市人民政府应人民愿望重建青秀山风景区。

青秀山的景致，以绿为宗，以自然灵动为魂魄。著名的景点,无论是摩崖石刻、廊桥斗拱、盘山公路,还是花带绿坛、湖光山色、热带雨林,风光都极具神韵,不仅异彩纷呈、气象万千,而且美轮美奂,令人应接不暇。而最让人印象深刻的,是山上的塔、泉、寺、庵和几个特色植物园。

青秀山的塔以凤凰塔和龙象塔最负盛名。

凤凰塔位于青秀山的主峰凤凰头,塔高五层,层层敞开,虽不算雄浑壮阔,却玲珑典雅,有立地顶天的古风。因建于山顶,得地形山势之拱卫,颇如九五之尊环视四海。登塔远眺,山河美景尽收眼底。塔后的三级八卦台阶,各级石柱和栏板均雕刻有古代壮族歌舞人物及花鸟图案,石柱顶端还刻有二十四只神态各异的石狮。塔前方立有"凤凰戏牡丹"石刻像一座,高四米。据说站在凤凰头山顶远眺,可以看到前方匍匐有九十九座山岭,座座山岭好似一朵朵盛开的牡丹花,故人间流传"凤凰戏牡丹,牡丹九十九"的佳话。而从南方远眺青秀山,整个山形确如一只展翅翱翔的凤凰,凤凰塔就建在山形的最高处——凤凰头上。

龙象塔,俗称青山塔,以"水行龙力大,陆行象力大"取名,是青秀山的标志性建筑。该塔始建于明万历年间,后虽重新修建,仍保留明代建筑风格。塔高约六十米,塔基直径约十二米,塔形为八角重檐,有九层,每层翘角下悬挂铜铃,共七十二只。塔下南面建有玉带廊,塔北门前立有一座石碑,上刻《重建龙象塔碑记》。登上塔顶,可眺望邕江河水和远山近岭,数十里田野风光尽入眼帘。龙象塔与其北面的天池交相辉映，池水映塔、塔影入池，形成"塔影天池"奇观，被称为南宁市"十大景观"之一。

青秀山最著名的泉叫董泉，位于撷青崖南侧不远处。泉水清冽，终年不涸。据传，明嘉靖年间名士董传策与友人同游青秀山时，发现此泉，为它取名"混混泉"，喻学之有本之意。并让石匠在泉水出口处凿一龙头，在其下方用石砌出一个方形池。泉水从石龙头口中溢出流入池中。池内种上莲花，起名"青莲池"。因其接纳自龙口流出的泉水，故又称"龙涎井"。后来为了纪念董传策，更名为"董泉"，在泉眼上建了一座"董泉亭"。南宁市人民政府将董泉列为市级文物予以保护。

青秀山最称名的寺庙叫观音禅寺，又称三宝堂。禅寺坐北朝南，圆通宝殿前立有白衣玉观音像，呈左手握瓶、右手持柳造型；宝殿内供奉着做工精美的，据说是国内最大的檀香木千手千眼观音菩萨坐像；卧佛殿内供奉的缅甸玉卧佛像为缅甸皇室赠送，是目前世界上最大的由整块天然玉石雕成的卧佛像；院内供奉的关圣帝君为佛教护法，同时供奉的两尊北宋正佛和一个巨型明代香炉也都属于市重点保护文物。寺院侧面的舍利塔供奉近代禅家大德——元老和尚的舍利子，是佛教人士聚集之地，香火旺盛。而每年农历四月初八在此举办的"浴佛节"，更是吸引各方善男信女前来祈福许愿，祈求"洒一身圣水，得一生洪福"。

青秀山最著名的庵叫水月庵。始建于清康熙四十四年（1705），二十世纪八十年代因城市改造，移建于青秀山天池西侧。因夜里水月相映，美如仙境而得名。水月庵有大门殿，设有弥勒尊像和韦陀天将菩萨。前方大雄宝殿中央设有释迦牟尼像，右边站立大弟子迦叶尊者，左边站立侍者阿难尊者。大雄宝殿右侧是玉佛殿，左侧是观音殿。庵堂两侧是厢房和斋餐馆。整座庵堂红墙、红柱、黄琉璃瓦顶，翘角重檐。

在特色植物园方面，苏铁园、棕榈园、香花园、桃花园最负盛名。

其中，苏铁园位于青秀山凤凰岭西麓的西坡。苏铁，俗称"铁树"，属珍稀濒危裸子植物，是一个古老的植物类群，古生代石炭纪便已存活于地球，在中生代侏罗纪达到鼎盛时期，与恐龙并称地球动植物的霸王，在植物进化过程中扮演着非常重要的角色。经历上亿年的兴衰衍变，现仅有少量种类奇迹地存活，故有"活化石"之称。

得益于青秀山秀美的风光和物超所值的门票价格，每年都有成千上万的游人慕名到青秀山游玩，他们在"不羡鸳鸯不羡仙"地尽情地享受这片土地无私馈赠的同时，也自然而然地拾得这里的韵味与神奇，并在有意无意间将自己变成了画卷，继续为青秀山的瑰丽添上各种惊喜。

侗寨之夜

夜色无论如何都是美的。

当弦月渐渐饱满,风的一举一动便都有了传说中的生动,而当时间开始止步不前的时候,静谧和诗意就在那儿诞下了。

黑夜有着漂亮的眼睛,似乎能看见所有事物的源头。不论轻重,不分近远,不假思索,不辨你我!那些不加掩盖的清澈,那些匪夷所思的行踪,那些简简单单的从容,就在月明星稀的背景里聚拢,形成月色照大地的曲风,以清新淡雅的旋律活灵活现在岁月朴素的怀中。

首先登场的小路,一直穿行在林间。它忽高忽低的扮相,显然也是一种放纵。一些疏密有致的石阶,铺垫出它年代悠远的记忆;一些幽曲回旋的跳跃,引领它在空蒙到来之前,安然抵达深邃的边缘。远山不远,它们张开的怀抱很容易收获神出鬼没。而路的两旁,山上高悬的苍松和翠柏努力营造出一种化境,远离人烟,无限接近九天。

村头,月光如水。青林与幽竹的基调等同于一首欲说还休的歌,它们将所经历的故事从无到有,从点点滴滴到涓涓细流,非常稳妥地摆放在风雨桥的尽头,而且让它们平和安定,充满与山水同根同源的灵性。而那些山坳里被平整叠放着的庄稼却早已功成名就，它们以庄重的弯腰，抒发对稳重和成熟的理解，以及表达对季节兴旺发达的感激。

村子依坡而立。寨子中央，鼓楼是另一种档口，那些被岁月深埋的无数榫卯，即使历经千百回的分流，也依然能找到皈依的理由；而那些在风的吹拂下发出的铜铃般的音色，不管有没有被做旧，都能穿透时空的洪流，慢慢被天地吸收。

鼓楼前的广场上，人声鼎沸。人们在这里跳多耶舞、打油茶。芦笙最热闹的地方，往往也是生命最流畅的时光。饭养身来歌养心，月圆之夜，篝火也许并不承担太多的使命，飞溅的火星仅仅让生命的血液无限贴近有温度的个性。

这里远离暮鼓晨钟，天然是它的万种风情。月圆时节，寨子最值得颂扬的功绩不是丰收和团聚，也不是光怪陆离，而是人们勤俭持家的努力与大地的诚实，像月光皎洁和干净的可贵之处在于阴晴圆缺，并没有其他的价值可以代替。

天上吉祥月，人间锦绣年——自然的变迁及时而且浅显。在山水相依，人与自然和谐的纹理和气息里，所有关于快乐的源泉和奉献的机密，都突出了这样的节律：青的青、黄的黄，瓜熟蒂落的瓜熟蒂落。甚至每一种眷顾都相对无限，每一种幸福都清清楚楚，能持续派生出一些美丽的姻缘，让现实与理想同步，让生命欢欣鼓舞，也让浮想联翩最终爱上花好月圆。

相对于明月高悬，夜色多少有些腼腆。不过八月一直暗藏的特别意味，比如让水变清，让土地完成使命，让人们学会周而复始地思念……也许会蔓延出新的积淀，在静静的月光里，留下不离不弃的画面，永恒地留住我们的视线。

　　天高云淡，所有的生命都特别敞亮。它们与这里的世界合成秋天的脸。这是很美好的瞬间，在秋天的屋檐下，我没有看到有人执手相看泪眼，也没有看到无语而凝噎，只在薄烟笼罩的山旁边，看到一些瑰丽的喜悦正脉脉填满沧海桑田。

下枧河

下枧河在广西宜州,这是我见过的最为奇特的河。

从山间或田原中穿越,不像执着、不像做作,而像蹉跎。乱石嶙峋,河汊众多,各种滩礁散落,有的像张牙舞爪的妖魔,有的像珠联璧合的琥珀,这本身就很让人费猜疑,更何况河水如此干净漂亮,仿佛精心洗涤过的翡翠和孔雀蓝,能在这里遇上,真不知该感谢自己,还是该感谢上苍!

山水因季节而崔嵬,这不足为奇。下枧河一到秋季就格外令人着迷却是不争的事实。当瘦削的河道与山崖的陡峭相互依偎,周围又有竹林团团围住,山色空蒙之间还顺带出无数花卉,这样的韵味怎么能让人不感觉是一场误会?河山的秀美因为一条河而迂回,加上有无数氤氲的芳菲竞相尾随,如果用清秀来形容它的美,那么透迤、高挑、窈窕、柔媚这些描绘,又何尝不是它的精髓?因而,这种难以言表的陶醉,自从来到下枧河就不曾脱轨,它不附着于人类的任何智慧,也不倾向于大自然的任何归类,而是实实在在地检验着我们能不能接受神鬼。

下枧河鬼使神差般的迷离,是奇迹,也是运气。石山洞开暗含诡异,上天入地全凭玄机,这其间充盈的神秘,丝丝缕缕、荒诞写意,何况它又把明暗、表里串联成为一体，让水奇、山奇，树木也奇！河流蜿蜒穿过大地的肌理，娉娉婷婷的山、愉愉悦悦的水、和和美美的草木，既通透着人杰地灵，也通透着宠辱不惊。即便不是与生俱来，即便没有曦光雾霭，旖旎、瑰丽依然是它最本真的旋律。而岸边花、天上云的驻足留影，不仅让水的清澈格外错落有致，还让秋天变得更深，让大地变得更稳，仿佛在视线里装上了转轴和年轮，每一次转换，都带着震撼灵魂的绽放，而由此滋生的曼妙与灵动层层化开，不仅摄人心魄，而且充满诱惑，既不同寻常，也不同于渴望，让人心生向往，同时挂肚牵肠。

应该说，下枧河的美丽是拜上天的恩赐。不过它如此集中地在宜州展示确实不知是什么道理。传说中天女为了沐浴而将瑶池搬到了这里，她的气息流成这里的空气，她带来的花瓣装点了这里的土地，她用过的粉底甚至变成了河山的记忆，就连她回眸时落下的叹息，都化成了远近的烟雨。

下枧河没有潮涨潮落，因为与天地连体；下枧河精致绵密，因为经神人修葺。入人心扉又出人头地，所以那些魔幻与神奇，生动、飘逸，又细腻、得体，不仅给足了秀甲天下的美誉，甚至连漩涡与时间的配合都无可挑剔，它们妥妥帖帖地生生息息，让人觉得日子就是真谛，虽不能完全无视，也没有必要只争朝夕。

下枧河一直舒适惬意。这种舒适惬意可以让人完全忘记船或桥，只要沿着岸边漫步，或者乘一片竹筏在江中穿梭，就很容易想起阿牛的心情或刘三姐的山歌。不管有没有春江水，周围亮堂的永远是风景这边独美。

　　下枧河不属于谁，也不曾为谁心碎，但人们喜欢到这里来徘徊，似乎都因为这里的山水始终不让草木成灰，这里的人们始终不让我们感觉无家可归。

在大理

月是倾斜的，就像苍山、洱海也是倾斜的。

点点波涛，是微澜弹出的牵一发而动全身的曲线，它们接续荒野、接续田原，既不来自天上，也不来自人间，只是与悠远紧紧相连。

而天的边缘，这么多的雪山和蓝天相互依偎，难道不是一宗罪？竟然没有是非、没有泾渭，只保留了纯粹和美。

沿着洱海的岸边，生命将每一节时间尾随。不管是红瘦还是绿肥，不管是往世之可去还是来世之可追，都如此飘逸、秀丽，或活灵活现，或岿然不动，它们执着而灵性的坚持，让宇宙与苍生完全没有缝隙，无论是花木的呼吸，还是土石的大气都与天地融为一体。在每一朵生命的节拍里，我们看到的纹理，触摸过的肌肤，都特别写意而且充满勃勃生机。

浅草可以非常轻易地掩没马蹄，青柳也可以非常便利地构筑依依，红樱桃即便不再亭亭玉立，也依然包办了所有的柔如水、甜如蜜。

水鸟游在画里，似乎从来不怕浪的侵袭，它们游弋时完全放下了警惕，只把线条整理得丝丝入理；鱼虾前行的姿势同样非常得体，它们的身形融入水的空明澄碧，几乎无法隔离。

小船是若有若无的呼吸，它既满足于与陆地保持距离，也满足于在桨声的摇曳中变成潮涨潮落的讯息。

时间完全不被记忆。不是春暖花开，也不是风和日丽，大理流动的只有从东到西，由表及里。

在店铺里，耀眼的是银器、玉石，芬芳的是茶饼、花泥。即使是随风而过的空气，也带着风花雪月的痕迹。马路延伸着过往的风雨，牵连出各种历史或记忆，一些属于别离，一些属于惊喜，还有一些属于玄机。下观的风，上观的花，苍山的雪，洱海的月似乎不需要谋面，就可以让世界丰富得天下无敌。

从苍山走到洱海，人们从来不借助舟楫，仅仅靠一支恋曲，就能双宿双栖。

登南华楼或北城门，时间与空间无法丈量高度，生生灭灭也构不成烽烟和往事，只有不朽与变迁直直曲曲、酣畅淋漓。

鹳鹤喜欢在林间流连，寒鸦栖息的那片洼地与古老的城墙靠在一起，历史见证得最多的是斑驳与陆离，除了今夕何夕，还有苍山洱海千年如一的梦呓。

领略大理王府，漫步洋人街，些许的感慨，大都源于时光飞逝。在银器店的叮当声里，在白族人家的衣帽间里，人们随手拿起某个物件，都会由衷唏嘘。

白昼不长，黑夜不短，在苍山洱海的故事里，人们很难不变成传奇，包括我自己。

新西兰海边

当我十二月到达新西兰的时候,这里正值夏天。

这个南太平洋的岛国实在是太小了,小到从飞行了十几个小时的飞机下来,你脚踩到土地的感觉都是漂移的,仿佛一不小心它就会飘向远洋甚至沉没海底。

几乎每一块能站立的地方,四周都环绕着海水,这种情境让世界真的太小了的感觉变得更为确定。不过,也许正是这种与生俱来的水的隔离,创造了星悬宇宙的比拟,也成就了新西兰独有的魅力——这里的海水是浅蓝色的,而且有着从跟前到远处逐渐变深的层次;这里的沙是雪白的,白得像家里做菜用的盐巴;这里的海底世界是奇幻的,随处可见的鱼虾、珊瑚或者海藻都有着绚丽斑斓的美妙。而岸上的草几乎全是嫩黄的,嫩黄到你看见它们细细的芽条,就以为这是谁家刚发的豆苗。

新西兰的天空同样非常湛蓝,笼盖四野的气派与海水泛蓝的豪迈在远方交汇、徘徊,生出不分彼此的格调和扑朔迷离的神采,让它们既虚空缥缈,同时又万里迢迢,很容易令人沉醉甚至误会,以为天只是世界的头而海只是世界的尾,它们遥相呼应,清澈透明又极具耐心,仿佛把你带到了另外的星系,那里除了瀚海蓝天,除了一马平川,其他事物都包裹着鬼魅般的诱惑,不但与想象离得很远,也与生活毫无关联，即便是连绵的海湾和海湾里不绝的细浪，也都毫不客气地凭借着内敛张扬出无法形容的庄严。

因为是夏天，这里的阳光明亮而且耀眼，它们填满一切空洞，也证实一切行踪，比如树影、人形或云朵的秉性，而绿色植物的无遮无掩与片片野花的妖艳都会直接呈现。

因为是海边，流经这里的气旋一直带着大海的血缘，它不仅新鲜，还从来不让人感觉凶险，绵绵的温润和温润的绵绵根本找不到界线，也根本不需要分辨。任何一处悬崖的出现，能让人联想到的只有天边，或者比天边更远的永远。

在海边的沙滩上，穿沙滩裤，手搭帽檐的游人随处可见。他们所呈现的，除了休闲，还有一些是在复制各种景点。流线型的海湾就像一块有魔力的海绵，不仅吸收光源、吸收云烟，也吸收时间，营造出地方天圆或天上人间，让人影流连，让浮光潋滟，让四周得偿所愿。

油棕榈树硕大威猛，并没有猎猎的风撕扯天涯。衬托海滩生动的，是吊床和形态各异的遮阳伞；在崖壁前徜徉的浪既不急迫也不蹉跎，它们只是经过，却洗刷出峻峭的承诺。在平滩、浅海，人们以沙为床，以滑板为马，尽情地拖拽时光；在海洋深处，一些人扬帆，一些人在海底与珊瑚、礁石上演惊险刺激的猫抓老鼠的游戏。

古堡算是海岛上所有诗意生存的凭证，它们与隔岸的灯塔彼此照应，互为犄角又相互凝望。它们存活在海天之间，却似乎从来都不是为了登高或行远，仅仅是为了守护眼前的家园。

因为是海边，鸥鸟非常常见。它们的叫声很清越，不知是因为辽远还是因为满足于自己的容颜。它们总飞翔在离人群很远的地方，有时落在礁石上，有时落在海上，这种与礁石和海比较贴近，与海滩比较疏远的心境，让人有些捉摸不定。

海滩周围基本没有田园，不过令人难以想象的是，这里的店里除了摆卖椰子，还到处可以看到榴梿。热带几乎所有的瓜果，在这里都非常新鲜。

在海边的这些天，我有时去海底开眼，有时去火山列岛看翻滚的熔岩，除了感觉时间有限，一路的颠簸有些晕眩，一点也不担心路途遥远。

在一处海底熔岩边，我竟然看到有鱼自由自在地游在边缘，而它们的周边，也有海藻在蔓延，这样的场面即使在神话里边，也极其罕见吧。

南湖公园

南湖把家安在这里,迄今至少已有上千年。

作为绿城最具代表性的水域之一,它与周围的绿树、绿草和高端大气的建筑一起,共同营造出一个风光秀美的王国,在拥有宝石蓝般的气度之后,也让这片天地远离尘嚣,永恒地拥有了青春不老的武器。

虽然,这里的许多树、花和草都是从别处移植而来,但这片土地的接纳仍使它们满足了对新生活的期待。它们似乎都非常理解入乡随俗是一种高贵的情怀,所以都非常彻底地把命运交给了这片新的领地。它们融入他乡的速度堪称惊人,繁茂的成长简直势不可当。当你看到菩提树膀大腰圆、木棉树挺拔粗壮、朱槿花丰腴健硕、紫荆花伟岸端庄、竹节草亭亭玉立、薰衣草楚楚动人的时候,你一定会相信这个世界关于寄人篱下的传闻并不那么切实可靠。就连生长在水边的翠竹,也因为习得了山清水秀的灵气,而变得修长和透亮无比。它们自从把根扎在这里,似乎就未曾与青翠欲滴有过片刻疏离。那些原本属于芳草天涯的天生丽质被毫无保留地带到这里,并彻底地融入这片土地,被激活并且在生生不息中留下风韵,在卓越非凡中盘活肌理,在融会贯通中锤炼品质,最终孕育出柔和、大气、温婉、清新的神奇,拥有了离离原上的霸气。

巨型的树遮天蔽日。它们连接天空，连接远方，也见识过彩虹的气势恢宏，连绵的壮阔堪称巍峨。在树冠的下方，不离不弃的阴凉俯拾皆是，即使天上有火辣辣的太阳，或者有疾风骤雨速降，这方天地总是保持晴朗。和风习习、不燥不热的气质，像高人处世，不盲目与世界剥离，也不随意树立敌意，而是自然平和地与天地保持适度距离。

平整的草健康笃实。它们像大地的外衣佑护着生命的胴体，并与骨骼和血脉凝聚在一起，共同支撑出一个绿油油的形态，既有凹凸有致的走势，也有表里如一的素质，诚实与真实的气度一点儿也不亚于大海的宅心仁厚。

南湖的水很干净。平坦让它拥有着闹市中的安宁。这儿的水里不养荷花、不养浮萍、不养水草，它自己的清澈就足以让周围的一切应势成景——无论是天上飞的、地上杵的，抑或是偶尔路过的，都无法逃脱被俘获的命运。比如蓝天的倒影，白云的去停，城市的楼群，桥上的梦境，它们不仅被吸附，而且永远不打算拥有另外的前程。

走近南湖，趴在桥栏上观鱼是我最喜欢做的事情。湖里的鱼最常见的是锦鲤，它们都长得健康得体。在桥下经过时，它们喜欢张着鳃呼吸，喜欢做吹泡泡的游戏，有时我看到它们热热闹闹地抢食，有时也看到它们把同伴兄弟挤出自己的领地……如果鱼群远去，我则喜欢继续趴在栏杆上点数湖面涌动的波光，看它们从远方一路畅游过来，又从桥下隐匿而去。

因为接续着邕江的纹理，这片天地显得特别开阔。一些因水而生的雾习惯于在这里徘徊，并随心所欲地团聚或化开，慢条斯理的节拍总能让人感觉自在，像船和桥在梦中或记忆中慢慢醒来。

在离水最近的湖岸上，贴着湖的边缘，人们栽种了一圈密密麻麻的马蹄莲，它们非常精神，身上蕴藏有一种说不清的明亮，它们迎着四时开出洁白的花，像新娘那么宁静。

很多游人到公园里来，在林中漫步，在花和草的缝隙中听鸟叫虫鸣，在水边看鱼儿戏水，在风中感受花开的心境。他们有不同的肤色，穿不同的衣服，操不同的口音，心情似乎都格外轻松，时不时能见到他们阳光一样的笑容和波纹一样幸福的笑声。

秋后的早晨，我在南湖边的道上晾晒自己的行踪，一直有美丽的心境与我结伴同行。

花　山

花山在崇左市宁明县境内。

山上的石头拥有五彩斑斓的纹理，应该是花山最早的寓意。

当一座座山既五彩斑斓而又有人们不知道以什么样的方式在悬崖上画出各种稀奇古怪的画，花山的"花"就显得别有一番韵味了。

从来没有听人说过花山很高，也从来没有听人说过花山很庄严肃穆，但左江在山崖下急驰而过，却让它有了壁立千仞的气势。那些斧砍刀削似的崖壁笔直得像一堵巨大的墙，而最终让花山声名远扬的，就是那些古人在这巨墙上画的岩画。

上千张线条粗犷的图案时而紧凑、时而疏离，并不十分规整地分布在崖壁三十多个不同的地方，内容从自然到社会、从归顺到抗争，既有太阳和月亮，也有青蛙与火把，它们描述的世界，超越时间和空间，串联着天国、炼狱、俗世，就像三界红红火火的生活。其中，人类的生产劳作、田园牧歌、祈福祭祀这些场景的展示最多，也最为洒脱。岩画的图案一律用赭红色勾勒，形象之逼真，人物、动物之传神，内容组合之复杂都让人很难相信这是几千年前的创作。那些堪称图腾的画面，不仅蕴含线条简洁的抽象画的筋骨，而且同样保有色泽明快的印象画的气韵，虽经数千年的历史变迁，依然保存得格外鲜艳。透过这些图案，很容易想象到曾经生活和居住在这里的先民们一直拥有的伟大生活和卓越梦想。他们采集、狩猎、农耕、祈祷，既感叹劳动的艰辛，也享受丰收的快乐。他们把这片土地当作幸福的来源，努力勤勉地付出，欢天喜地地分享。他们的安贫乐道平凡、朴素，他们的痛苦欢乐现实、耿直，而所有的这些最终都被崖壁上那些会说话的叉叉圈圈记录并保存，从上古一直流传到今天。

左江的河水孕育了这里苍翠的群山，而河流的美丽和山林的俊秀是花山最率性的写真。长期生活在这里的古人似乎完全习得了美丽俊秀的本性，如果他们的生活和劳作果真如画中所描绘，那无疑是如歌如诗又充满智慧。日出而作，日落而息；朝沐清风，夕听微雨。在他们热热闹闹的时候，连他们饲养的动物都显得神采奕奕、气度不凡；在他们安安静静的时候，万物入定，连月光都如此饱满和清晰，仿佛没有任何事物能让他们迷恋世外的声音。

花山的五彩斑斓很衬这里神奇瑰丽的风景，花山崖壁上的画也很衬这里朴素的民风，当花山纹理的原始形态被注入了原始人热爱天地自然的神采，"天作之合"便成了这里独特的文化遗存，被用来呈现这个世界简单却亘古不变的沧海桑田。虽然它们现在看起来更像是一种象征，但其深刻的程度仍令人无法探测，而且令人心绪久久难平。

除了崖壁上的画，花山还有另一种文化遗产也特别有名。悬棺这种崖葬习俗据说与花山壁画的历史同样久远，在离水面高达数十米甚至上百米的崖壁石洞里或有穹顶的地方，打桩置放棺材，并让它们不受雨水和人畜的侵犯，这样的工程连科技如此发达的今天都难以完成，而几千年前的古人却真真切切地办到了，其不可思议程度只能用鬼斧神工来形容。

因为左江的风光，也因为花山壁画和悬棺，每年都有成千上万的游客来到这里。他们也许并不怀揣朝圣的心情，但的确都为自己的亲眼所见而震惊。

每次乘着游船在左江观景，我都感觉是在走一趟穿越古今的旅程！

五彩滩

五彩滩在涠洲岛南部海岸。

这里没有沙，只有色彩艳丽的石头。当这些很少重样的石头铺满海岸，并与靠近水边的礁石连成一片的时候，就能生出风景别样的世界——平和、广袤，既辽阔悠远，又瑰丽连绵。漂亮的石头与深色的海礁构成拼图，并且每天与海水厮磨在一起，终因海水的冲洗和浸泡，现出与海为伍的灵韵与活性，接续着海天一色留下的苍茫与风光旖旎的精神。

那些石头一离开水就活蹦乱跳，一遇到水就欣然融化的假象，除了涠洲岛海边，其他地方确实很难遇见。这也许正是涠洲的魅力和五彩滩最让人着迷的地方。这一片沿着海水伸展的海滩如此平顺，似乎毫不费力就能快乐地生长，而且诡异而有格局，的确让人百思不得其解。而那些长年在平顺环境里出没的石头，虽然经过时间和海水不停歇地打磨，却并没有习得圆润的模样，同样令人唏嘘感慨。它们的瘦骨嶙峋至少可以说明一个问题，那就是要想在海风海浪的旁边活出自己的精神，就得拥有一种脱皮掉肉的坚韧和不服输的干劲。

风和浪是五彩滩最常见的自然现象。五级以上的海风经常光临，它们强劲持久而有耐性，似乎藐视一切平庸，不仅吹乱岸上的荆草，也经常吹得水边的滩头地动山摇。而海浪虽然因为浅滩和礁石的缘故，没有那种冲天的咆哮，可一旦袭来，也是烟波渺渺、如脱如逃，很像流沙和森林，在不经意间被飓风袭扰，不得不逼迫自己长出双脚。

五彩滩的美妙，是那种琉璃般的色调。每当海潮退去，陆地与海面便拉开了距离。海滩上，一些浅浅的沟道露出规整的纹理，大海深吻过的痕迹深刻而清晰。各种细小的鱼、虾、螃蟹、螺贝停留在错落有致的光影里，既保留着原始生命的形态，也持续着慢节奏生活的节拍，它们择泽而居的随性同样有着一股子干劲，似乎并不在意与稍纵即逝的光阴平行对进。

一些海草快速聚拢，它们一头连着海水，一头连着礁石，形象有时像青苔，有时像发带，活泼的时候特别狂野，安静的时候特别诡异，黑中带青的品质，同样漂亮得令人费解。

在离滩头很远的海面上，不知是谁用缆绳拴着一只小舢板，它就停泊在风和浪的臂弯里，似乎没有远航的使命，也似乎没有陪护的矫情。

五彩滩的身后，是一堵陡峭的高墙，乍看像是用页岩层层堆砌而成，实则是风浪切割的凭证，朱砂般的红色，与海水的苍白形成鲜明对比。

一些椰树零星地立在高墙的上方，筋骨暴露，叶子长得遒劲有力，很像风云的支架。

退潮之后，我们在海风中摸鱼、捉虾，拾捡螺贝。那些因海而生或者从海上漂来的东西总能给人带来意外的惊喜。每当风吹乱我的头发，每当带腥味的海浪击打我的裤腿，每当一只小蟹狡猾地从我手心逃脱，我都觉得自己是一个幸运的人，可以在海的边际触摸到海的魂魄，发现它的神出鬼没。

五彩滩边的岩石上长有许多野生的仙人掌，开黄白相间的花，长密密麻麻的刺，结光怪陆离的果。这时候有些果已经黄熟，当我愿意忍受被刺痛的风险去采摘与尝鲜时，我成为乐于冒险的人，拥有着与海洋相依相伴的血性。

当余晖落下的时候，五彩滩开始宁静。潋滟的浮光也在远处的深海慢慢向岸边靠近，海水随之而来，轻轻地给海滩盖上一张薄薄的被，柔和而轻盈。夜露和潮声陪它融入梦境，仿佛进入恒定不变的时光之城。

南方小城

北方已经飞舞雪花，而南方的枝头，却仍有花儿正艳。

在这座美丽的小城，能登上榜单的花朵，有朱槿、三角梅、野棉花。朱槿的鲜，三角梅的热烈，野棉花的淡雅算是这个季节里大自然特别的眷恋，它们出没的地方总仿佛一幅幅精挑细选的油画被陈放在人世间，它们构成城市个性化的名片，并与世界和谐镶嵌，或汇成湖，或堆成山，或绵延成道路，让城市长出无可挑剔的生机，精致而华丽，仿若朝花夕拾的流连和变迁。

美丽的花与青翠的树在此相依偎并蜿蜒，一半是因为积淀，一半是因为心愿。亚热带气候的绵延加上靠近海边，冰天雪地显得特别遥远，而人们在道旁精心栽种的这些光鲜，在沐浴了靠近赤道的阳光之后，便拥有了不老的容颜，它们经历过春天，也经历过秋天，却始终保有青春无敌的本钱。

尽管也有梧桐落叶随风，但作为秋的祭奠，更多的时间，或歌舞翩跹，或长成丰年，它们努力舒张，尽情吐露芬芳，不拒绝幻灭和流浪，不拒绝烟尘和迷茫，混沌或纯粹的激昂，始终洋溢着古道热肠。

在人们的记忆中，争奇斗艳很有可能会将流年或烟雨驱离，但在这方土地，人们只要睁开双眼，花开花谢总能提前邀约，满足您的期待或令您无比怀念。

小小的一座城，河岸边的草青了一年又一年，路边的树果实挂了一遍又一遍，人世间来来去去的云烟仿佛移情别恋，却始终停留在原点，它们不知有无从前，也不知有无明天，始终以最合适的距离成全沧桑和巨变。

顺着路沿，人们很容易看到天色深深浅浅、葱茏忽隐忽现；在隐约的楼宇中间，墨绿或火红串联出许多意外的惊艳，有香飘千年，也有幸福满园。

蜂蝶生活在桃花源，就像人们安乐在伊甸园。它们采集、酝酿，也收获和释放。它们美丽的翅膀经常出现在视线的周边，带着流动的写意，也带着辉光和理想，炽热如这片土地上生长的各种希望。

江水如带，款款绕城。尽管流水并不是这个季节的特长，但淙淙显然也是一种向往，它们从来时的铺张，到去时的明亮，一直在喻示喜悦是长生不老的驿马场。

阳光同样坦坦荡荡，它们的空旷有着很贴心的磁场，在行进中不停地留下安详，留下温暖的榜样，有岁月那么绵长，有情怀那么豪放，有秋色那么清朗。

这些日子，我一直在猜测，这究竟是谁的故乡？

不见昼短夜长，红花绿叶满庭芳；大道两旁，天是自由的方向，桥和路直指南山；和风舒畅，仪态万方的秋水像待嫁的新娘！

南方小城

姑婆山

姑婆山在广西贺州。

虽然叫山，却并非因石头而闻名。茂密的森林和温润的气候让它远离热闹的城，以姑婆一样的朴素、母性一般的光辉特立独行。

在这里，经年缭绕的云雾既非安静，也非娉娉婷婷，却始终与天地连着筋，通着脉，而且吸附着所有光阴都仰慕的魂魄与精神。它们经年缱绻，挥之不去、召之不来，让人无论从下往上看还是从上往下看都觉得莫测高深，既不能直接探访，也不能停止回望，最终只能不断神往。

姑婆山确实是传说中的世外桃源。这里的每一条道、每一棵树、每一片花草都自然天成，都在曲径通幽中得到贴心的关心与呵护，并最终赢得心胸宽广、益寿延年的名头。

一千多米的山，显然并不高耸，而一个接着一个的山峰彼此依偎和相连相牵却成就了暗流涌动的海洋。它们或许本来就隐藏有太多的真相，比如将成千上万的树纠集在山谷的深处，却从不过问春秋几度、魂归何处；比如将如此之多的溪流与瀑布安放在悬崖的顶部，却让它们自由自在地选择出路或者归途……

一切似乎总在复苏。绵延的山与绵延的树彼此凝望，互相扶持，树因为山而获得营养，山因为树而获得成长。树的盘桓与山的豪放目标一样——让四季明亮，让进山的人菩萨心肠。

"山光悦鸟性，潭影空人心"，山光、潭影、幽林、鸟鸣，姑婆山用它最擅长的形态和声音网罗天下美景，任由它们或上或下、或左或右地舒展腰身和精气神，既和和睦睦、波澜不惊，又风风火火、一往情深，让人在感觉轻盈流畅、欢欣鼓舞的同时，也感受到了世间并没有耐不住的寂寞与孤独，即使生命曾经历风霜酷暑，却依然可以迎来青春与真情真性的眷顾。

尽管地表的溪流只见几处，但姑婆山依旧水网密布。它们顺着石缝或天空，以各种舒适的方式穿越林丛，穿越秋月春风，在宽敞的地方形成清波荡漾，在巨型石头的下方积成各种移动的铿锵，在树根缠绕的地方结成密密麻麻的网，既清澈明亮又乖张迷茫，喜欢将情绪带到各方，并不刻意隐瞒性格中的张扬，而是让它们随意播撒，尽情地感染前方或者后方。

瀑布是绝壁上的流苏，它们的征途似乎只是回应山谷。无论是仙姑，还是奔马，它们的纵身一跃都如此义无反顾，却让人感觉像在飞翔，带着高处的宽广以及黎明前的曙光，也带着飞流直下的酣畅，还有壮士一去不复还的锋芒。

仙姑大草坪同样美得让人难忘。它罗列的地方，除了仙人的足印、九曲回廊，最令人动容的就是那些枫林，秋天使它们开始换装，现出浑厚、朴实与成熟的力量。而那些因为精心打扮而活灵活现的台阁、亭廊，不仅形态安详，而且充满信仰，它们与半山腰上的庙宇和梵音一起，沿着风清气正的时光自由徜徉，呈现一副舍我其谁的模样。

方家茶园绝对是另一个天堂。茶山由路边一直绵延到天上，层层叠叠又曲曲折折，在云雾与忽明忽暗的光辉里流连忘返，虽然看不到春天茶女采茶的风光，但那小阁轩窗开张、茶香满园的景象依旧让人心情舒畅，仿佛怀揣特别洁净的幸福与理想，从此心甘情愿与风的流畅、木屋和草房的别致结成街坊。茶林中随处可见的茶花与茶果，朴素又秀丽的图案，既像守望，也像梦里的故乡，弥漫着独特的芬芳。

洁净、敞亮！

没有一条路抵达天堂，也没有一脉山谷临近海洋，姑婆山却饱含力量，仿佛一束被雨水关怀过的阳光，在湿润的流畅中慢慢辉煌，轻松越过岁月流觞，将一种无法复制的光芒缓缓释放，并让与它相关联的世界或令人神清气爽，或令人久久难忘。

凤凰这座城

在湘西，一个深埋于偏远大山的古镇，因为有《边城》，因为一位拥有"战士不是战死沙场，便是回到故乡"情怀的文人，最终成就了凤凰这座城。

古城的美誉，一半因为其风光旖旎，一半因为其充盈的底气。发源于东部山地的沱江，一经孕育，便拥有了厚德载物的神奇，不仅让绿水青山心有灵犀，而且让遍地芳菲真正实现了光华普惠。

古城的崔嵬，一方面得益于南华山的拱卫，云卷云舒的追随；一方面得益于古城格局上的依山傍水，以及好山好水好人家的韵味。而那些商贾名流、政界大咖成堆的故事，无论被放在正史的船头或野史的舰尾，都免不了附上龙凤呈祥的鬼魅，或演绎虚虚实实的隐晦，或锻造真真切切的丰碑。

因沱江水日复一日、年复一年的泽惠，古城呈现了最伟大的光辉——包括群山的苍翠，也包括日月精致地轮回。尽管往昔岁月一去不可追，但溪水由东到西、由高到低，灵幻般的敏慧、神怪般的黠诡，终使得凤凰的故乡从来不被穷乡僻壤牵累，反而脱胎成活力的清晰细腻和蕴藉的厚重深邃。云霞与水汽因为翻山越岭的努力，进而拥有了独孤求败的身体；泉心与雨情随心所欲的莅临，揭开了"天街小雨润如酥"的谜底；莺歌燕舞的如胶似漆，诠释了花香四溢的沁人心脾……

因为巍峨，因为陡峭，因为秩序井然，古城逶迤的山峦仿佛碧海的波涛，在不经意间总被顺势而来的清风明月浇醉，轻松自在地叠加在岁月的怀里，不仅拥有骨骼清奇的纹理，而且拥有行踪的诡异和神态的风流、飘逸，怎么看都称得上世间无敌。

北门码头是一个传奇。极少的几级台阶，并不宽敞的一片洼地，数百年来，竟能凭一己之力让商贾云集、烽烟四起。它亲历过的流离，有笙歌竹笛，也有车轮马蹄，影影绰绰的踪迹，既依稀梦里，也声名鹊起。因为历史与现实的缘故，码头四周不仅流行典故，而且流放尘俗。而关于古城的风物，则既清晰又扑朔迷离，颇似水流湍急。在岸上高地，人们搭建的屋子鳞次栉比、檐檩重重叠叠，分不清哪些是起因、哪些是延续；逼仄的小巷，青石路面蜿蜒曲折，形状如蹉如跎。只有那些被养护在岸边的桃树、柳林领悟了存在的真谛，最终以顽强的心性自成风景，迎合四季变换的生机，让桃红柳绿死心塌地，让缤纷落英魂归故里。

虹桥是沱江上的倩影，它就卧跨在沱江的乾坤里。它的青砖黛瓦、它的飞檐斗拱，除了连接两岸山峰绵延的气息，还将历史剪裁成一段段传奇和一节节记忆，不仅镌刻在游客的心灵里，还被传说中的凤凰娴熟地驾驭，播撒在神州大地，让古镇乘机风靡，也让成王败寇的事迹愈发神秘。

南华山也是神奇。它总是出现在缥缈的云雾或人们臆造的故事里，或被晴光演绎，或被流年侵袭，或被水石复制，几经颠沛流离，最后都安顿在林丛、山道或亭台的骨髓里，不仅享受茂林的遮蔽，也享受空间与岁月的洗礼，它们沧桑且斑驳的痕迹，就是短暂与永恒最直接的结局。登山的路时而弯曲，时而穿越绝壁，既连通天宇，也吸纳阳光风雨。凤凰于飞的图腾，以及凤凰羽化的离奇即便去掉其玄机，依然让人感觉充满写意，既无法模拟，也不能确信所言非虚。

八角楼则呈现另一种格局。它屹立在山顶，直插云天，遵循高高在上、佛法无边的箴言，即使如临深渊，依然既守望云雾，也成全古城的变迁。它的朴素与庄严，一方面盘活人们挑剔的视线，一方面镇住了流年时光的肤浅。

目光切入城区。古宅、古街、古巷，是凤凰特立独行的影像。当你行走在城墙脚下，那厚重的砖瓦与幽深的境况会让你感慨万千：岁月的绵长与历史的久远并不一定非要一眼望不到边才能让人眷恋，而当你明明站在现实的生活里，思绪却无法停留在眼前，而是没完没了地穿越古今的界限；当你脚下油光铮亮的石板路和那些罗列在路边的店面传达的既不是人生多艰，也不是"生意兴隆通四海，财源广进达三江""聚财遵古训，发家靠信达"之类的信念，而是让人很容易联想到世界并非只有繁华与富庶的人间，还有"逝者如斯，不舍昼夜"的执念，你就会彻底明白，那些古旧老宅中堂上"忠厚传家久，诗书继世长"的格言，是多么映衬桃源人家朴素的生活追求和人格完美的祈愿。

在凤凰古城里流连，脚步深深浅浅，既因为历史的出现，也因为世界的变迁。古城的大门朝四方开放，每天接纳着城里城外的各种因缘，也承载着人世间各种雪月风花的洗练。无须留意，在进出城门的人群中，人们很容易发现不仅有英俊少年，也有鹤发童颜。他们不管是惊叫连连，还是闲适如仙，心中都曾怀揣洪福齐天、经天纬地的诺言，并都无一例外地相信：是凤凰让他们知道如何更好地理解长生富贵或颐养天年。

在凤凰城的大街小巷，人们栽种各种草果花木，它们像是随缘，其实饱含心愿，既象征绵延，也烛照沧海桑田。树上的花果盈实地躲藏在枝叶之间，虽然并非都有明确的纪念，却非常卖力地呈现在世人的跟前，它们努力保持着心性的闲适与勤勉，不刻意追逐那些匆匆来去的光和电，也不刻意朝四周挤眉弄眼，似乎只想在世间留下平凡的眷恋，以及与世界保持相忘于江湖的成全。

古城拥有无数热闹的门店。那些在店铺中摆卖的物什也都有各自晃眼的标签，无论布匹、书简、果糖、肉片，还是山珍、佳酿、饰品、环链，均张扬童叟无欺、诚实守信的牌匾，有着"我家住在高山巅，生来就爱守诺言"的渊源。

沿着沱江两岸漫步，无论春夏秋冬，无论节气轮换到哪个时空，在人们的记忆深处，桃花的红、柳叶的青，人们的喜庆始终热情洋溢，始终饱含温度，既让人感觉舒服，也让人一见如故。

沱江淙淙，永远不老的是天地对凤凰的恩宠；水声阵阵，激昂清越的是凤凰的琴音。它日夜不停，既弹奏流金岁月，也弹奏天地合鸣，从日精月华，到孤鹭寒鸦，从绝代风华、春秋冬夏，到芳草天涯、瓜田李下……

游客们进入古城，游走在古城或僻静或热闹的街巷，闻着花香、茶香、腊肉香，看着流行的朴素与时尚，有时会迷失方向。在石板路上徜徉，脚下的清凉与店家的奔放交换成像，稍不留心，有时会被扯走元神，误以为穿越到宋唐，正被另一种异地他乡的情怀流放；而在城墙上观望，最在意的不是风光，而是追逐风光的人有可能正被别人当作风光来观赏。

不管是不是凤凰的故乡，也不管白天黑夜是否有短长，古城最令人迷恋的地方，就是始终不放弃"独坐幽篁里，弹琴复长啸。深林人不知，明月来相照"的理想。

把自己交给凤凰，做一个自由的人，在廊桥上徜徉，在跳跳岩迎接朝云暮雨或别人的目光，在游船上放声歌唱，问安于身旁背竹篓的大娘，目送孩子们跳跃着走向学堂……很自然地就忘记了日月时光，忘记了为名忙、为利忙和人世间的熙熙攘攘，心中留下的只有我在路上，和幸福的山水沐浴同样的阳光。

也许桃花源里并没有翠翠，也许沈从文的墓地里并没有老人的骨灰，但这一带山的灵光、水的明亮已经足够锋芒，足以盖过日月星光。

沧海无限，天地微茫。凤凰就是这样一座城，以夜露晨曦的模样让人迷恋、惆怅，让人怀念、向往。

后 记

　　季节是时间，世界是空间，生命在时空中来回穿梭，就构成了生活。

　　在人的一生中，无论是衣食住行的满足，还是精神需求的体验，都因其不可或缺，所以不断地被凝练！从某种意义上讲，接受自己的平凡，在人生这条并不平坦的道路上智慧而真实地面对自己，用心创造属于自己的美好，是人一辈子最值得的修行。而要进行这样的修行，人们必须先学会把自己放回到大自然的怀抱之中，让自己真正成为"大地的孩子"，然后在获得自然的认同与接纳的同时，以虔诚与感恩的心灵去品悟世界给予我们的包容与关爱。也许正是出于这样的认知，在我生命的这几十年中，除了生计，我会时不时地花些时间和精力在周围的环境中行走，努力让自己相信我与这个世界之间有着某种特殊的联系和约定，就像我的许多先辈一样——活着，与他们赖以生存的土地不离不弃；死去，也愿意把自己的骸骨永久地埋在这里，以期与这个世界的河流山川、花草虫鱼结成永不分离的有机整体。在这片土地上，我努力留存着自己生活的点滴，也希望能看到这片土地给予我以及我亲人们的各种慰藉。是生命的轨迹和季节的情义为我揭开了世界的面纱，让我知道河山壮丽，万物神奇，更替有序；也是它们教会了我入世的哲理：敬人敬己，不看重名利得失，永远年轻的是心地，不会老去的是记忆……

因而，只要有时间，我都会把自己沉浸在周围的世界里，带着一颗虔诚与感恩的心，或四处走走，或安然面壁。有时像一缕风，从容穿梭于山间小路、热闹街区、朴素村落；有时像一尾鱼，游走在春天的花海、夏日的荷池、秋天的果园、冬天的雨雾里；有时像一尊佛，无思无量，只想用"心斋"的方式祛除忧烦，聆听时光。无论徜徉、观赏、品味，还是聆听、静心、怀想，这世界里的一切，都以其独有的意味或纤细、或壮实地将我包融其中，并最终让我觉得自己与这片土地是生死相依、不容分离的。

对于这种感觉，除了些许的疑惑，我并没有觉察有何不妥。因为，每当我登上一座山，走进一片森林，或者闯进一片水域，发现一只昆虫……我都会有一种特别的惊喜，并由衷地感到亲切。而这种惊喜和亲切又给了我继续不断去接触和体验这个世界的憧憬与勇气。

但凡行走，都会留下足迹。眼前的这本小册子就是我这些年行走留下的印迹中的一些片段。

今天回过头来看，无论是现实还是虚幻，它们都属于生命和生活，是世界最弥足珍贵的部分，虽然一切都在变化，但确实丰富了我的人生，也成全了我的成长，而最终使我觉得，所谓的生活的意义，无非在我们面对自己生活的天地时，能真切地感受到天地间丰盈的爱以及我们对这份爱的执着与坚守。

当然，以我当下有限的认知，想要弄清这世界的全部真相是不切实际的，但这并不妨碍我去感受世界的美好，这世上的事物带给我的感动永远也说不完，所以即便前路有风有雨，我也会继续秉持着一颗坚定而赤诚的心与它们一路同行。

李大西

2022 年 5 月 16 日